KB174348

별을
쏘아올리다

별을 쏘아올리다 우주를 사랑하는 마음으로

초판 1쇄 2024년 3월 4일

지은이 황정아

출판책임 박성규
편집주간 선우미정
기획이사 이지윤
편집진행 김혜민 · 이수연
본문디자인 하민우
편집 이동하
디자인 고유단
마케팅 전병우
경영지원 김은주 · 나수정
제작관리 구법모
물류관리 엄철용

펴낸이 이정원
펴낸곳 도서출판 들녘
등록일자 1987년 12월 12일
등록번호 10-156
주소 경기도 파주시 회동길 198
전화 031-955-7374 (대표)
031-955-7389 (편집)
팩스 031-955-7393
이메일 dulnyouk@dulnyouk.co.kr

ISBN 979-11-5925-985-2 (03810)

값은 뒤표지에 있습니다. 파본은 구입하신 곳에서 바꿔드립니다.

별을 쏘아올리다

우주를
사랑하는
마음으로

황정아 지음

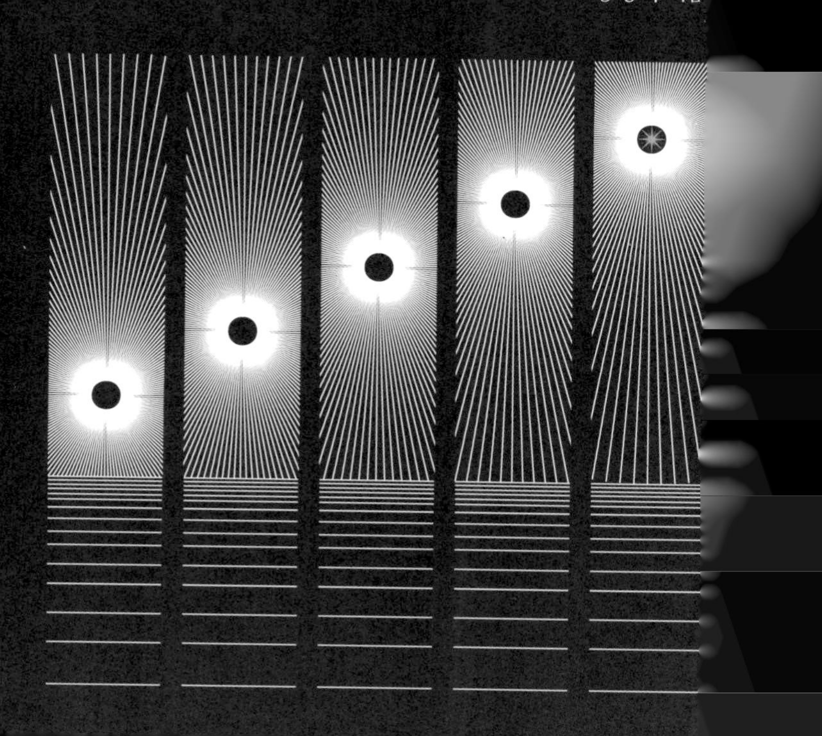

"가장 먼 별을 따라가라고 마음이 속삭이면 그 마음의 소리가 너인 거야."

"You may hear a voice inside. And if the voice starts to whisper to follow the farthest star, that voice inside is who you are."

〈모아나*Moana*〉, 2016

추천사

이재명(더불어민주당 당대표)

황정아 박사는 우주항공 분야의 굵직한 순간마다 역량을 발휘해 대한민국 우주개발에 크게 기여했다. 그는 전문성뿐 아니라 정책 역량까지 겸비해 우주과학을 토대로 미래 산업을 개척해나갈 적임자다. 과학으로 국민을 이롭게 하겠다는 신념으로 평생 헌신한 황정아 박사. 과학계의 비가역적인 퇴행을 막아내겠다는 일념으로 연구실을 떠났다는 저자의 변이 가슴을 울린다. 우주 물리학자 황정아가 연구실 문을 박차고 나선 이유는 무엇일까? 결국 시민이 행동할 때만이 역사를 바로 세우고 정의를 지킬 수 있기 때문이다. 깨어 있는 민주 시민들에게 이 책을 추천한다.

우주 물리학자이자 세 아이의 엄마인 저자의 삶에는 사람에 대한 존중, 배려와 사랑이 함께한다. 저자는 과학으로 대한민국을 빛내고자 이제 정치라는 또 다른 우주의 문을 두드린다.

그의 메시지, 그 중심에는 과학을 사랑하는 마음과 사람에 대한 존중, 감사가 존재한다. 우리의 삶이 고단해진 것은 결국 소통이 부재해서가 아닐까. 이 책에는 나 자신, 가족, 사회, 우주와 소통하려는 저자의 따뜻하고 다정한 마음이 담겨 있다.

김상욱(경희대학교 물리학과 교수, 『떨림과 울림』 저자)

황정아 박사는 카이스트 물리학과 후배다. 똑 부러지고 강인한 느낌이어서 후배지만 좀 어려웠다고 할까. 정말 모든 일에 진심이고 열심이라 저러다가 병에 걸리지 않을까 걱정하게 만드는 캐릭터다. 황정아 박사가 정치에 나선다고 했을 때, 반은 의아했고 반은 이해했다. 과학을 누구보다 좋아하는 사람이었기에 의아했고, 과학을 진심으로 사랑하는 사람이었기에 이해할 수 있었다. 과학자 황정아도 최고였지만, 정치인 황정아도 최고일 거라 기대한다. 내가 왜 그런 기대를 하는지 알고 싶은 사람은 이 책을 보시라.

강양구(과학전문기자, 지식큐레이터)

황정아 박사와 나는 과학고등학교를 함께 다녔다. 황 박사가 차근차근 '인공위성 만드는 물리학자'로서 경력을 쌓아가는 동안 나는 과학자를 취재하는 기자가 되었다. 그러다 사십대가 되어서야 과학자 황정아를 다시 만났다. 이십 년 만에 만난 황정아 박사는 자기 연구 분야에서 확고한 명성을 쌓은 과학자였고, 거기에 더해서 세상을 좋게 바꾸려는 열정과 이웃을 대하는 따뜻한 마음을 가지고 있었다. 그가 정치에 뜻을 둘 때 기꺼이 응원한 것도 이 때문이다. 그라면 자기 삶을 고양하면서 공동체를 위해서도 선한 영향력을 행사할 수 있는 멋진 정치인이 되리라는 확신이 있었다. 이 책을 읽고서 여러분도 그런 확신을 공유했으면 좋겠다.

궤도(과학 커뮤니케이터, 『과학이 필요한 시간』 저자)

지구는 태양의 주위를 1년에 한 바퀴씩 공전하고, 태양은 우리 은하의 중심부를 기준으로 2억 5천만 년 이내에 원래 위치를 지나간다. 우주에 존재하는 모든 움직이는 물체는 무언가를 향해 상대적인 운동을 하며, 창백한 푸른 점에 놓인 우리 역시 미세한 진동으로 세상에 움직임을 더한다. 오랫동안 우주를 꿈꾸며 무한한 가능성을 보여주며 성장한 저자는 자신만의 경험을 바탕으로 사람에 대한 따뜻한 존중을 글로 담아냈고, 마치 익숙한 연구 분야가 아닌 것처럼 보이는 세상에 전하는 잔잔한 메시지조차도 배려와 사랑이 듬뿍 담긴 과학 이야기 그 자체가 아닐까 싶다.

들어가는 말

우리가 만난 우주

우주와 사랑에 빠진 물리학자, 인공위성 만드는 물리학자. 나를 설명할 때 내가 즐겨 사용하던 표현이다. 내 인생의 첫 번째 인공위성은 2003년에 우주로 보낸 과학기술위성1호다. 위성 전자보드에 'Designed by Junga Hwang'이라고 금박으로 새겨놓았을 만큼, 나는 내가 만든 위성을 사랑한다. 내가 만든 위성이 하루에 열네 번씩 내 머리 위를 지나가고 있다는 사실을 생각하면서 밤하늘을 매일 올려다본다.

위성이 살게 될 우주라는 공간에 대해서 잘 이해하고 있어야, 소중한 위성을 더 잘 만들 수 있다. 그래서 우주의 환경과 우주방사선을 연구했다. 광활한 우주에서 일어나는 복잡한 물리 현상을 잘 이해하기 위해서는 인공위성의 현장 관측이 반드시 필요하다.

나는 여전히 우주를 연구하는 일을 사랑하고, 학생들을 가르치고, 동료들과 함께 열정을 다해 우주로 보낼 탐사선을 기획하는 나의 일을 사랑한다. 가까운 우주에서부터, 달, 화성에 이르기까지 아직 인류가 닿지 못한 미지의 세계를 생각하면 가슴이 벅차오른다. 우주로 보낼 우주 미션을 설계하고, 탐사선을 개발하는 일을 나의 천직으로 여겨왔지만, 이제는 좀 다른 우주로의 여정을 생각한다.

사람은 누구나 하나의 소우주다. 나라는 한 우주를 사랑하는 마음으로 이 세상의 수많은 소우주를 사랑한다. 이제 나와, 나를 믿고 지지하는 소우주들의 힘으로, 훨씬 넓은 세상으로의 여정을 준비하고 있다. 대한민국이라는 세상을 사랑하는 마음으로 두렵지만 한 걸음씩 미지의 세계로 발을 내디뎌보려고 한다.

별을 쏘아올리는 마음으로, 이제 나는 더 광활한 세상으로 나아갈 것이다. 가장 중요한 것은 자신을 믿는 일이다. 지나온 길을 통해 현재의 위치를 알게 되는 것이라는 영화 〈모아나〉의 대사를 떠올리며, 나는 지금 나만의 항해를 떠난다. 지금 내가 선택한 궤도가 어디에 연결될지 알 수 없어 불안하기도 하지만, 가보지 않고는 내가 얼마나 멀리 갈 수 있을지 모르는 법이다.

늘 그랬듯이 이번에도 일단 한번 부딪쳐보기로 한다. 남들이 무모하다고, 힘들고 어렵다고 했던 일들에 유독 매력을 느껴온 나다. 이번 도전을 마음먹기까지 그 어느 때보다도 큰 용기가 필요했다. 기왕 시작한 길이니, 어떻게든 길을 찾아보자. 이 길 끝에 어떤 우주가 나를 기다리고 있을지, 얼마나 매력적인 별을 만나게 될지 나도 모른다. 설렘과 기대, 불안과 긴장을 모두 끌어안고, 터질 것 같은 심장을 부여잡고, 긴 항해를 떠나보자.

2024년 봄을 기다리며

황정아

✳ 목차

추천사 6
들어가는 말_우리가 만난 우주 10

1부 우리는 모두 자기 삶의 항해자이니

바다에서 자란 아이 16
아이는 그렇게 성장한다 28
우주의 가능성은 무한하다 40
별은 한자리에 머무르지 않는다 49

2부 실패를 의연히 해내는 직업

천문학자가 아니라 "우주 물리학자"입니다 60
풍문으로 들었소, "과학"하는 사람들 72
연구실 밖으로 나온 과학자, 법 제정에 힘을 보태다 86
비바 라 비다, 만국의 여성 과학자여 단결하라 99

3부 결국 나를 만든 것은 사람, 사람, 사람

당신이라는 소우주에게 바치는 마음 114
가족이라는 행성의 거리 126
큰 폭풍 속에서도 신의를 선물해주는 사람 135
반짝반짝 별 셋 143

4부 카르만 라인을 넘어

정치라는 우주에 진입하며 152
누가 과학자를 유죄 추정하는가 164
주먹구구식으로는 절대 멀리 갈 수 없다 181
과학자로서 말하기와 정치인으로서 말하기 194

나가는 말_미래의 별을 향해서 205

1부

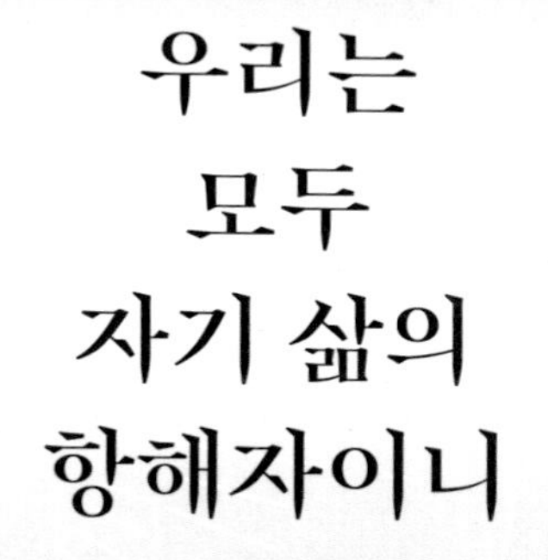

우리는
모두
자기 삶의
항해자이니

바다에서 자란 아이

어린 시절을 생각하면 제일 먼저 떠오르는 것. 짭조름한 바다 냄새와 소금기 머금은 바닷바람의 눅눅한 촉감. 내 앞에서 크게 불어온 바람이 나를 한 번 훑고 지나가면, 축축해진 앞머리카락이 끈적한 얼굴에 착 달라붙곤 했다. 바람은 거셌지만 날카롭지는 않았다.

당찬 이미지 때문일까? 많은 사람이 내가 부유한 가정에서 나고 자라 아무 걱정 없이 공부에만 매진했을 것이라고 생각한다. 사실 나는 학창 시절, 학원은커녕 참고서 한 권 제대로 사보지 못했다. 그 시절 나는 허름한 옷을 입었어도 눈빛만은 항상 초롱초롱 빛나는 아이였다. 공부에 열정을 놓지 않는 내 모습이 기특해서

였을까, 선생님이 교사용 문제집을 주셨다. 그 책을 주야장천 들여다보며 공부했던 기억이 난다. 빳빳했던 새 종이는 오래가지 않아 닳아지곤 했다.

초등학교에 입학하기 전까지 나는 부산 영도구 청학동의 달동네에 살았다. 아빠는 원양어선을 타셨다. 아빠가 한번 배를 타러 나가면 최소 몇 년은 볼 수 없었다. 어렴풋한 기억에 배에서 내려 오랜만에 집에 돌아온 아빠 얼굴이 수척했던 것 같기도 하다. 나는 반가워하면서도 내심은 아빠가 낯설기도 한 마음이 반이었다. 아빠가 돌아와 집에 우리랑 함께 있는 동안은 반찬 가짓수가 늘어났었다.

아빠가 없는 동안 어린 우리 두 남매를 키우는 것은 오롯이 엄마의 몫이었다. 엄마는 상을 지고 나가 하루 종일 이 동네 저 동네 돌아다니며 물건을 팔았다. 때로는 자갈치 시장에 좌판을 깔고 생선을 팔기도 했다. 어린 나이였지만, 엄마가 없는 낮 시간 동안 세 살 터울의 갓난쟁이 동생을 돌보는 일이 내 몫이라는 것을 자연스럽게 알게 되었다. 남동생의 똥 기저귀를 빨아주었던 기억이 난다. 이것은 가물가물한 내 어린 날의 조각과 늘 들려주셨던 엄마의 이야기가 합쳐져 이루어진 기억이기도 하다.

부모님 두 분 모두 형편상 많이 배우지 못했다. 엄마는 고등학교까지 졸업했고, 아빠는 섬마을에서 초등학교만 간신히 나왔다. 중학교까지 의무교육인 오늘날에는 의아한 이야기일지도 모른다. (현재 고등학교는 의무교육은 아니지만 무상교육이다.) 그러나 중학교 과정이 의무교육으로 시행된 지 그리 오래되지 않았다. 그 시절에는 어려운 집안에서 자식들이 학업을 포기하고 어린 나이부터 생업에 손을 보태는 것이 자연스러운 일이었다.

초등학교에 입학할 무렵에는 청학동 달동네를 떠나야 했다. 부모님이 돈을 벌기 위해 각자 일터로 떠나시게 되었던 것이다. 그래서 나는 아빠 쪽 조부모님 댁에, 동생은 엄마 쪽 조부모님 댁에 맡겨졌다. 동생은 연로한 나이에도 전북 장수에서 홀로 지내시던 할머니와 살게 되었다. 나는 전남 여천군* 남면 안도에 있는 조

* 전라남도 남동부에 있었던 군으로, 1998년에 여수시로 병합되었다.

부모님 댁에 맡겨졌다. 여수에서 통통배를 타고 한 시간 반을 들어가야 하는 남해안의 작은 섬에서 초등학교(당시 국민학교)에 입학했다.

나는 친구들과 노는 시간보다 조부모님과 함께하는 시간이 더 길었다. 할아버지는 나를 일터에도 데리고 나가셨다. 생업을 돌보며 나를 챙겨야 하는 상황에 할아버지로서는 어쩔 수 없는 선택이었을 것이다. 그래도 나는 할아버지와 함께 뭍에 나가는 게 좋았다. 할아버지는 통발로 잡은 문어를 여수 선착장 수산시장에 내다 팔았다. 나는 시장에 오가는 사람들을 구경하는 게 재미있었다. 사람들이 물건을 두고 값을 흥정하는 모습을 입을 벌리고 지켜보곤 했다. 꼭 무언가를 사지 않아도 시장은 구경하는 자체로 재미있었다. 할아버지는 문어값을 잘 받은 날에는 집에 필요했던 거울과 그릇 등을 사 가시곤 했다. 내게도 군것질거리들을 사주셔서 나는 할아버지랑 시장에 나가는 일이 꼭 즐거운 소풍 같았다.

시장에 따라나서지 않는 날이면 할머니와 시간을 보냈다. 썰물 때 바닷가에 나가서 조개를 캐고, 물김을 걷어 오는 일상이 반복되었다. 집 앞마당에 넓게 김발을 널고, 걷어 온 물김을 잘 씻어서 말렸다. 할머니는 틀 안에 넣어 네모나게 만든 김을 화톳불에 한 장 한 장 구워 주셨다. 다른 반찬 없이 밥에 간장과 마가린만 넣고 비벼 먹더라도 할머니와 함께 만든 김에 싸서 한입 넣으면 그게 그렇게 고소하고 맛있을 수가 없었다.

어린 나를 위한 유일한 간식은 '고구마 빼깽이', 즉 말린 고구마였다. 고구마를 얇게 잘라서 빼짝(바싹) 말린 음식이라서 '빼깽이'일까? 할아버지 할머니가 부르는 대로 따라 불렀을 뿐, 빼깽이가 왜 빼깽이인지는 모른다. 그래도 요즘 즐겨 먹는 '고구마 말랭이'와는 다르다. 고구마 말랭이는 고구마를 찌거나 삶아서 말리지만, 고구마 빼깽이는 생고구마를 그대로 말려서 만든다. 수확 철이면 고구마밭에 나가 고구마를 캤다. 할머니는 밭에서 캐 온 고구마를 분류하여 작은 것은 그대로, 큰 것은 얇게 썰어서 말렸다. 크고 상처가 난 것들은 상할 우려가 있으니 빨리 잘 마르게 하려는 의도가 있었을 것이다. 고구마 빼깽이를 긴긴 겨울밤 입이 심심하고 궁금할 때마다 하나씩 꺼내 뜯어 먹기도 하고 죽을 끓여 먹기도 했다. 나의 겨울은 빼깽이가 그득한 궤짝들을 마루 밑에 쟁여놓는 것으로 시작하여 바닥을 다 드러낸 빼깽이 궤짝을 마주하는 것으로 끝나곤 했다.

하루 종일 바깥일을 하느라 고단하셨던 까닭일까. 할아버지 할머니는 평소 말수가 적고 무뚝뚝한 편이었다. 그래도 늘 옆에 붙어 있는 어린 손녀를 따뜻한 눈으로 바라봐주셨다.

할아버지에게는 형이 있었다. 나에게는 큰할아버지다. 증조부모님이 돌아가신 뒤 집안의 재산은 전부 큰할아버지 몫으로 돌아갔다. 우리 할아버지는 아무것도 물려받지 못했지만, 큰할아버지는 커다란 배가 있는 선주였고, 아홉 아들들도 모두 배가 있었다. 우리 할아버지는 큰아들이 아니라서 배가 없었고, 슬하의 5남 1녀가 모두 가난했다. 육남매 중 장남인 우리 아빠는 일찌감치 공부를 그만두고 할아버지를 도와 '돈 되는 일'을 해야 했다.

그러나 어렴풋이 짐작만 할 뿐, 이런 슬픔을 온전히 헤아리기에는 너무 어린 나이였다. 큰할아버지가 배를 태워준다고 부르면 신이 나서 바다낚시에 따라나섰다. 펄떡펄떡 뛰는 싱싱한 물고기들이 바닷속에서 꼬리를 물고 끌려 올라왔다. 갓 잡아 올린 물고기의 살점을 큼직큼직하게 썰어낸 막회를 입안 가득 넣고 씹어 삼키면 꼭 바다를 마시는 것 같았다. 어려서 바다의 맛에 눈뜬 까닭에 지금도 나는 육류보다 해산물을 더 좋아한다.

바다는 어린 시절 내 놀이터였다. 동네 아이들과 어울려 돌아다니다가 다이빙을 한답시고 배가 들어오는 선착장 아래로 쑤욱 깊이 뛰어내리기도 했다. (작은 선착장 주변은 배가 들어올 수 있게 육지에 닿은 면이 깊은 지형이었다.) 지금 생각해보면 아찔할 정도로 위험천만한 일이었다. 하지만 우리는 물속으로 사라졌다가도 이내 깔깔 웃으며 다시 떠올라 짤막한 팔다리로 물을 박차며 바다를 누볐다. 별다른 놀거리는 없었지만, 온 바다가 나를 안아주고 있으니 그것 하나로 충분했던 날들이었다.

내가 초등학교 2학년이 되었을 때, 아빠는 더 이상 배를 타지 않고 뭍에 정착하겠다고 마음먹었다. 원양어선을 타며 국외로 다니는 일이 힘에 부쳤을 것이다. 그러나 바다밖에 모르는 뱃사람이 뭍에서 할 수 있는 일은 없었다. 그래서 건설 현장에서 막일을 시작했다. 당시 울진 원자력발전소가 막 세워지기 시작하던 시점이라, 일꾼을 많이 필요로 했다. 그렇게 우리 가족은 드디어 경상북도 울진군 북면 부구리에서 함께 살게 되었다. 몇 년 만에 네 식구가 한 지붕 아래 모였을 때 뛸 듯이 기뻤던 것이 아직도 생생하다.

엄마는 그곳에서 원자력발전소 인부들에게 밥해주는 일을 하셨다. 우리 남매는 매일 원자력발전소 기념전시관에 가서 놀았다. 지어진 지 얼마 안 된 전시관은 깨끗하고 구경하러 오는 사람도 적었다. 우리는 하루 종일 그곳에 머물며 전시물들을 만져보며 장난을 치고, 숨바꼭질을 하고, 책도 읽었다. 원자력발전소 기념전시관이 우리에게는 놀이터였던 셈이다.

이제 어른이 된 나는 우주방사선을 연구하는 일을 하고 있다. 가물가물한 유년 시절의 기억을 지금의 내 모습과 연결 짓는 것은 분명 한계가 있겠지만, 참 공교롭다는 생각이 든다.

아빠는 하루 종일 힘든 육체노동을 하면서도 집에 있을 때면 늘 책이나 신문을 읽었다. 그 모습을 보며 생각했다. 공부를 다 마치지 못한 것이 아빠 가슴속에도 한으로 사무쳤겠구나, 라고. 부모님은 공부를 마음껏 하지는 못했지만, 항상 무엇이든 배우려는 자세가 습관처럼 몸에 배어 있었다. 늘 열심히 성실하게, 정직하게 일하셨고, 두 분 모두 검소한 성품을 지녀 결코 낭비하는 법이 없었다.

부모님은 항상 우리보다 형편이 어려운 사람을 친절히 대해야 한다고 말씀하셨다. 누구에게 말할 때든 항상 예의 바르게 하라고 우리 남매를 가르쳤고, 몸소 실천하셨다. 말뿐 아니라 행동으로도 나눔을 실천해야 한다고 했다. 그래서 우리 집에는 늘 밥을 먹으러 오는 사람들이 많았다. 공사장 주변에는 여러 사정으로 끼니를 잇기 어려운 사람들이 많았다. 엄마 아빠는 늘 그들에게 기꺼이 음식을 대접하셨다.

그러는 동안 나는 학교에서 1등을 놓치지 않았다.

아무래도 엄마 아빠를 닮았기 때문이리라 생각한다. 엄마 아빠도 형편이 되었다면, 나보다도 훨씬 공부를 잘했을 것이다. 근면 성실함과 책임감, 나누고 베풀고자 하는 성품, 어떤 상황에서도 배우려 하는 자세. 부모님은 공부 잘하는 딸을 자랑스러워하면서도 든든히 지원해주지 못하는 것이 미안해 내내 면목 없어 했지만, 나는 전혀 불만이 없었다. 그 흔하다는 사춘기의 격랑도 겪지 않았다. 이미 부모님께 많은 것을 받았기 때문이다.

무엇보다 부모님은 내가 하는 일이라면 무엇이든 믿고 지지해주셨다. 내가 중학교를 마치고 그 당시 개교한 지 얼마 안 되어 이름도 생소한 과학고등학교에 진학하겠다고 했을 때 선생님들은 펄쩍 뛰었다. 차라리 외국어고등학교에 가거나 일반계 고등학교에서 1등을 하여 좋은 대학에 들어가라는 것이었다. 그럼에도 부모님은 결코 반대하지 않고 내 뜻을 지지해주셨다. 그때 과학고등학교에 들어가 계속 과학을 공부하고 열정을 키웠기 때문에 지금의 우주 물리학자 황정아가 있다는 생각을 종종 한다. 그럴 때마다 부모님께 그저 감사하다. 든든한 금전적 지원보다도 더 귀한 전적인 신뢰와 지지를 나에게 보내주신 것에 대하여.

이 시기 나는 결국 사람은 스스로 서야 한다는 깨달음을 얻었다. 내가 공부를 열심히 한 것은 누가 나에게 그렇게 하기를 바랐기 때문이 아니라, 공부가 재미있었기 때문이다. 선생님께 칭찬받는 것은 기분 좋은 일이었지만, 누군가에게 기쁨을 주고 인정받는 일 그 자체를 목표로 삼고 싶지는 않았다. 나는 자라는 내내 부모님의 자랑이었다. 나는 그 기대가 부담스러웠던 적이 없다. 부모님의 기대에 대해서 전혀 부담감을 느끼지 않았던 것도 결국 나는 내가 할 수 있는 만큼 최선을 다할 뿐이라고 생각했기 때문이다.

몇 년 뒤 타향살이에 지친 아빠는 고향으로 돌아가고 싶다고 했다. 우리 가족은 울진을 떠나 여수로 이사했다. 그렇게 나는 남해를 다시 만났다. 울진에서 마주한 동해는 어둡다 싶을 정도로 검푸른색이었다. 수심이 깊고 돌이 많기 때문이라는 것을 나중에 알았다. 반면 해초가 많은 남쪽 바다는 녹색을 띤다고 했다. 초록빛

찬란한 남쪽 바다에 돌아오니 어린 나이부터 맞닥뜨려야 했던 여러 부침에 지친 마음이 위로받는 기분이 들었다. 물론 차갑고 검푸른 바다 또한 고요하니 아름답다는 것을 잘 알고 있다.

지금도 마음이 답답한 날이면 바다를 떠올린다. 푸른 바다가 끝없이 펼쳐진 곳에서 바닷바람을 맞으면서 밀려왔다 쓸려가는 파도를 본다면 참 좋겠다. 요즘은 바다를 보러 갈 짬이 좀처럼 나지 않지만, 일렁이는 바다를 떠올리는 것만으로도 마음이 안정된다. 지난날 바다는 내게 온 세상이었고 우주였다. 나에게 자유롭고 주체적인 삶을 가르쳐준 바다, 나의 벗 바다를 바라보며 내가 앞으로 어떻게 살아가야 할지 끊임없이 고민했던 나날들. 바다와 함께 살았던 어린 날은 가난했지만, 내가 지금까지도 그 시절이 그럭저럭 풍족하였다 느끼며 바다를 그리는 이유는 바로 여기에 있으리라.

아이는 그렇게 성장한다

나는 여수시 남면 안도리의 섬마을에서 자랐다. 그곳에서 여안분교에 입학했다. 전교생이 열 명 남짓 되는 작은 초등학교였다.

초등학교 입학식 날, 운동장 한복판에 모인 아이들은 선생님의 지시에 따라 구령대 앞에 일렬로 나란히 섰다. 아이들보다도 입학을 축하하러 온 가족과 친지들이 더 많았다. 나는 할머니 손을 잡고 입학식에 왔지만, 할머니가 입학식 끝까지 계속 같이 계셨는가는 기억나지 않는다.

잔뜩 긴장한 탓이었을까. 교장 선생님 훈화 말씀을 듣고 있는데 소변이 마려웠다. 집을 나서기 직전 분명 화장실에 들렀는데도 그랬다. 절박한 표정으로 앞을 바라보았지만 근엄한 교장 선생님 말씀은 영 끝날 기미가 보이지 않았다. 교장 선생님이 무슨 말씀을 하시는지 하나도 머릿속에 들어오지 않았다. '선생님께서 말씀하고 계시는데, 화장실에 가도 되냐고 물어봐도 되는 걸까?' '손을 들고 화장실이 급하다고 말할까?' '아니, 그냥 조용히 말없이 화장실로 뛰어갈까?' 오만가지 생각이 들었지만, 아무래도 끝까지 참을 수는 없을 것 같았다. 발만 동동 구르던 그때, 결국 아랫도리가 뜨끈해 오더니 바지가 축축히 젖어들기 시작했다. 운동장 모래바닥 위에 물이 뚝뚝 떨어져 작은 웅덩이가 생겼다. 선 채로 오줌을 싸고 만 것이다. 그 전까지 나에게 학교에서 화장실에 가고 싶으면 손을 들고 담임 선생님께 말씀드려야 한다는 것을 가르쳐준 사람은 아무도 없었다. 그러나 손을 들고 이야기해도 된다는 것을 알았다 해도 들지 못했을 것이다. 그만큼도 주목받고 싶지 않았던 소심한 아이였던 까닭이다. 이내 담임 선생님이 달려오시고, 다른 아이들이 내 쪽을 힐끗힐끗 돌아보며 키득거렸다. 어머니 한 분이 수건과 갈아입을 옷을 내주셨다. 나는 울었던 것 같기도 하고, 잔뜩 주눅이 들어 울기조차 못했던 것 같기도 하다.

그 뒤로도 오랫동안 사람들 앞에서 내 의사를 피력하거나 자신을 드러내는 것은 너무나 어려운 일이었다. 초등학교 2학년 때 섬마을 학교를 떠나 경북 울진에 있는 부구초등학교로 전학했다. 전교생이 몇 안 되어 서로 가족처럼 알고 지내던 여안분교와는 달리 부구초등학교는 한 반에 학생이 사십 명은 족히 되었다. 가뜩이나 낯선 환경에서 반 아이들 얼굴 하나 익히는 데에도 꽤나 노력이 필요했다.

그저 선생님 말씀만 고분고분 따르며 조용히 지냈다. 뛰어놀기보다 책을 파며 그 안의 세계에 침잠하는 것이 즐거웠다. 책은 나에게 부담을 주지도, 주눅들게 하지도 않았으니까. 책과 함께 나는 자유로웠다. 하지만 어려운 형편에 책을 마음 편히 사서 읽을 수는 없었다. 그래서 친구들에게 책을 빌려 읽었다. 우리 집이 있던 부구리에서 한 시간 정도 산을 넘어가면 '잘사는 동네' 나곡리가 나왔다. 아빠가 한전에 다니는 집 아이들이 사는 아파트단지였다. 나곡리 사는 친구네 집에서 책을 한 보따리 빌려 가지고 오는 날이면 밤새도록 발이 아팠지만, 마음만은 행복해서 달콤한 꿈을 꾸곤 했다. 하루는 정말 추운 날이었다. 산등성이에서 가쁜 숨을 내쉬면서도 배낭에 진 책을 얼른 보고 싶어서 쉬지 않고 곧장 집으로 향했다. 발이 시리고 볼과 코가 빨개졌어도 신이 났다.

그랬으니 태어나 처음으로 '내 책'을 가지게 되었던 날을 아직도 잊을 수가 없다. 열 살이 되었을 무렵, 부모님께서 계몽사에서 나온 열 권짜리 '컬러학습대백과' 전집을 사 주셨다. 온갖 동식물과 인물, 각 지역의 문화와 우주 행성 등에 대한 다양한 지식을 모아 엮은 백과사전이었다. 제목 그대로 글보다는 사진이 더 많았다. 지금 같으면 인터넷을 활용해 전문 지식은 물론 사진까지 쉽게 찾아볼 수 있지만, 당시에는 그렇지 않았다. 부모님들은 자기 아이들이 세상을 더 깊고 넓게 보기를 바라며 앞다투어 그 책을 사 책꽂이에 쟁여두었다. 그렇지만 나는 언감생심 기대조차 하지 못했다. 먹고살기 팍팍한 집안 사정을 다 알았기 때문이다. 그러니 부모님이 그 책을 내 품에 안겨주셨을 때 그 기쁨은 이루 말할 수가 없다. 부모님은 아마 책 좋아하는 딸아이에게 이제껏 책을 한 권도 사 주지 못한 것이 못내 미안했을 것이다. 그래도 백과사전을 사 주면 다른 책들보다는 오래 두고 볼 수 있으리라 생각하며 큰마음 먹고 사주셨을 것이다.

책을 좋아하다 보니 자연스럽게 글짓기에도 흥미가 생겼다. 매일 밤 혼자서 일기를 썼다. 일기장 위에 내 생각과 감정을 적어 내려가다 보면 나도 모르는 내 마음속 어느 한 군데가 낫는 듯했다. 그날의 일기를 다 쓰고 마지막 문장의 마침표를 찍을 때면 내 안에 있는 어떤 힘을 느낄 수가 있었다. 나는 내가 생각한 것보다 강한 사람이었던가 보다. 그래서 아무리 피곤해도 일기 쓰기를 거르지 않았다.

이후 교내 글짓기 대회에서 상을 타게 되었다. 그 일을 시작으로 학교 대표, 지역 대표로도 나가 장원이 되었다. 상을 받는 것보다도 다른 사람이 내가 쓴 글을 읽어주었다는 사실이 더 기뻤다. 생애 처음으로 자기를 표현하고 있다는 희열을 느꼈다.

그리고 초등학교 4학년이 되었을 때 담임 선생님이 말씀하셨다.

"정아야. 너 웅변대회 한번 나가보자."

글짓기를 잘하니 웅변대회 대본도 잘 쓸 수 있을 것이라는 말씀이었다. 웅변이라니, 두 주먹을 꽉 쥐고 연단에 서서 목에 핏대가 서도록 소리 지르는 모습을 생각하니 견딜 수가 없었다. 새빨개진 내 얼굴을 보며 선생님은 말씀하셨다. 어떻게 해야 하는지 가르쳐주겠다고, 또 열심히 연습하면 무엇이든 할 수 있다고. 그렇게 선생님 지도하에 웅변을 연습하기 시작했다. 그 뒤로도 여러 차례 웅변대회에 나갔고, 많은 사람 앞에서 초등학교 졸업생 선서와 중학교 입학생 선서까지 해냈다. 믿을 수 없는 변화요, 어마어마한 발전이었다.

나의 MBTI는 ESTJ다. 외향형이지만 E와 I의 비율이 51 대 49밖에 되지 않는다. 어렸을 때 MBTI 검사를 해보지는 않았지만, 분명 '내향형'인 I의 비율이 훨씬 컸을 것이라고 확신한다. 지금의 내 모습만 아는 사람들은 내가 이렇게나 소심했다고 하면 깜짝 놀란다. 전혀 그런 줄 몰랐다면서. 반면 예전에 알던 사람들은 사람이 아주 경이로울 정도로 달라졌다고 한다. 성인이 되어서 오랜만에 어린 시절 친구들을 다시 만났다. 친구들은 나를 '조용하고 책 좋아하는 아이'로 기억하고 있었다. 그런데 지금 나는 쩌렁쩌렁한 목소리로 말하며 호탕하게 웃어대고 있으니, 도대체 무슨 일이 있었기에 사람이 완전히 달라졌냐 물었다. 나는 대답했다.

"글쎄? 홍콩 영화를 많이 봐서 그런가?"

초등학생 때, 한동안 추리소설에 빠졌다. 애거서 크리스티의 소설들을 섭렵했고, 괴도 루팡과 셜록 홈스, 에르퀼 푸와로 경감의 이야기에 빠져들었다. 의문의 사건은 그 자체로 긴장감을 주었고, 주인공이 천재적인 발상으로 사건의 수수께끼를 풀어나갈 때면 쾌감을 느꼈다. 중고등학교 학창시절에는 무협지와 무협영화에 매료되었다. 〈의천도룡기〉 〈백발마녀전〉 등 홍콩 영화에 탐닉했다. 특히 당차고 멋진 임청하 배우의 매력에 빠져, 대학에 다니는 동안에도 가장 좋아하는 배우가 누구냐 하면 꼭 임청하를 꼽았다.

홍콩 영화 어쩌고는 농담이었지만, 내가 글쓰기와 말하기를 좋아하고 잘하게 된 것은 곁에 책이 있어주었던 덕분이라고 생각한다. 부모님과 선생님 등 주변의 칭찬과 격려의 영향력도 빼놓을 수 없다. 혼자였다면 처음부터 '나는 못하는 일'이라 여겨 지레 겁먹고 시도해보지도 않았을 것이다. 도망치려 할 때마다 잘할 수 있다고, 노력하면 뭐든 할 수 있다고 붙잡아주었던 목소리들이 있었기에 오늘의 황정아도 있는 것이라는 생각을 해본다. 내 아이들에게도 칭찬을 아끼지 않으려 한다. 아이들에게 가장 필요한 것은 부모님의 신뢰와 지지라는 것을 잘 알기 때문이다.

초등학생 때 내 꿈은 기자, 아나운서, 고고학자, 외교관 등이었다. 한 사람이 한번에 그렇게 많은 일을 할 수는 없다는 것을 어릴 때는 몰랐다. 그저 글 쓰는 사람이 되고 싶어서 기자와 아나운서를, 이다음에 어른이 되어서는 못 다닌 여행을 실컷 다니고 싶어서 고고학자와 외교관을 꿈꾸었다. 성격이 소심해서 우리나라에는 친구가 많지 않지만, 외국에서는 친구들을 많이 사귀고 싶다고 생각하기도 했다. 가족들과 다 같이 여행 다니는 친구들이 그렇게 부러울 수가 없었는데, 외교관이 되어 가족들을 해외에 초대해 함께 여행하는 꿈도 꾸었다.

그러던 내가 뜻밖에 과학자가 되었다. 수십 년 세월을 거슬러 올라가 어린 정아에게 이 소식을 들려주면 못마땅한 듯 말하겠지. “과학자? 그럼 아나운서는? 외교관은? 과학자가 되어서 뭘 해?” 그럼 나는 대답할 것이다. 아나운서나 외교관이 되지는 못했지만, 그래도 과학자가 된 너는 지금 소원하는 일을 모두 하게 된다고.

우선 비행기를 타고 여행을 실컷 다니고 싶다는 소원을 이루었다. 학회에 참여하고 국제협력 연구를 수행하기 위해 국외 출장을 자주 다녔기 때문이다. 삼십 년 가까이 연구자로 살면서 여러 나라를 다녔고, 해외에 있는 연구자 친구들도 많이 사귀었다. 내 친구들은 모두 각자의 자리에서 최선을 다하는 멋진 사람들이다. 글쓰는 사람이 되고 싶었던 꿈도 이루었다. 단독 저서 네 권, 공저 다섯 권, 모두 아홉 권의 책을 쓴 작가가 된 것이다. 신문 칼럼도 삼 년 육 개월째 쓰고 있고, 잡지에 기고한 글도 제법 많다. 글을 쓰는 것, 나아가 꾸준히 쓰는 일이란 결코 쉽지 않다. 하지만 내가 사랑하는 과학을 모두가 사랑했으면 좋겠다는 욕심이 계속 나를 글쓰는 자리로 이끈다. 사람들이 내 글을 읽고 "몰랐던 사실인데, 우주는 정말 멋지네요." "인공위성이 그렇게 중요한 역할을 하는지 처음 알았어요." "박사님 글을 읽으니 어려운 과학을 쉽게 이해할 수 있네요."라고 할 때마다 기쁘다. 우리가 닿아 있고 서로 통한다는 감각은 언제나 기분 좋고 안정감을 느끼게 한다.

이제 나는 사람들 앞에 나서는 것이 어린 시절만큼 두렵지는 않다. 앞에 나서 내 목소리를 내야만 할 때가 있음을 알기에 주저하지 않는다. 그렇지만 생각과 뜻을 조리 있게 전하는 내 모습이 스스로도 가끔 놀라울 때가 있다. 이렇게 되기까지 정말 오랜 시간이 걸렸다. 그동안 많은 이의 격려와 응원이 있었다. 무엇보다 어린 정아가 정말 애써주었다. 이제 나는 어린 나의 얼굴을 눈앞에 그려보며 그 애의 손을 꼭 잡아주는 상상을 한다. 어른이 된 정아가 어린 정아에게 말한다. 어린 몸으로 할 수 있는 것이 많지 않아 어려웠을 텐데도 포기하지 않고 끝까지 해낸 네가 정말 멋지다고. 그리고 고맙다고. 네가 있었기에 지금의 내가 있다고.

우주의 가능성은 무한하다

중학교에 다닐 적에는 아침에 도시락을 두 개씩 챙겨서 집을 나섰다. 점심시간에 도시락 하나를 까 먹고, 학교를 마친 후에는 집에 돌아가지 않고 반대 방향으로 향했다. 언덕배기를 한참 걸어 올라가면 커다란 교육청 건물이 보였다. 남은 도시락 한 개는 이곳에서 진행되는 과학영재교실 수업 전에 먹곤 했다.

'영재교실'이라는 단어는 그 자체로 굉장히 엘리트주의적인 인상을 주지만(최근 과열된 사교육 열풍으로 인해 변질된 까닭도 있을 것이다), 어린 나에게는 과학의 재미를 깨우쳐주고 또 다른 세상의 존재를 알려주는 시간이었다. 중학교 2학년 때 담임 선생님의 추천으로 교육청에서 운영하는 과학영재교실에 들어가게 되었다. 공부에 의욕을 가지고 열심히 하려는 제자를 기특해하며 뭐든 새로운 기회가 있으면 소개해주려 애쓰셨던 선생님을 생각하면 그저 감사하기만 하다.

그곳에서 나는 진정한 배움의 기쁨을 알았다. 물론 그전에도 공부는 즐거운 일이었지만, 그동안에는 내내 나 혼자였다. 그러나 영재교실에서는 나와 비슷한 열정의 온도를 가진 친구들과 함께할 수 있었다. 친구들과 머리를 맞대고 어려운 문제를 푸는 것이 좋았다. 문제를 풀면 더할 나위 없지만, 풀지 못해도 충분히 만족스러웠다. 함께 고민하고, 의논하여 답을 찾아가는 과정 자체가 나의 말랑말랑한 두뇌에는 기분 좋은 자극이었던 것이다. 영재교실 수업을 마치고 깜깜한 오밤중에 집에 돌아오면 엄마는 매번 힘들지 않으냐 걱정하셨지만, 나는 도리어 영재교실 수업 있는 날만 손꼽아 기다릴 정도였다.

결국 과학영재교실에 가지 않았다면 과학을 진지하게 공부하는 일도 없었을 것이다. 물론 학교에서 과학을 배웠지만, 깊이 배워보지는 못했었다. 과학자라는 직업 세계에 대해서도 아는 바가 거의 없었다. 중학교 이후의 삶을 생각할 때면 그저 '고등학교에 가서도 공부 열심히 해야지. 그곳에서도 1등을 할 수 있다면 더 좋겠다' 할 뿐이었다. 그러나 이제 나는 새로운 세계와 그곳을 향해 한 걸음 더 나아갈 자신을 꿈꾸게 되었다.

그러나 내가 과학고등학교에 진학하겠다고 결심했을 때, 선생님들은 극구 만류하셨다. 과학고등학교가 개교한 지 얼마 되지 않았던 때였다. 뭐 하러 역사도, 인지도도 없는 과학고등학교에 가느냐는 것이었다. 차라리 외국어고등학교에 가서 너 좋아하는 외교관을 꿈꿔보라는 말씀도 하셨다. 선생님과 상담한 이후 숱한 밤을 고민하고 또 고민했다. 나를 사랑하고 생각해주시는 선생님 말씀을 흘려 들을 수는 없었다. 정말 과학영재교실 수업 잠깐 들은 것 가지고 계속 과학을 공부하겠다는 스스로가 무모하게 여겨지기도 했다. 과학고등학교에 가려면 기숙사 생활을 해야 하는데 내가 잘 지낼 수 있을까 걱정도 되었다. 그러나 나는 내 마음의 소리를 믿고 따라가보기로 했다. 전남과학고등학교에 입학했다. 지금도 당시를 생각하면 심장이 두근두근한다.

그때 만일 내가 다른 선택을 했다면, 나는 지금 어떤 모습일까?

내 선택은 틀리지 않았다. 우선 나는 기숙사 체질이었다. 기숙사 생활은 무척 재미있었다. 우리는 아침 여섯 시가 되면 기상 음악과 함께 일어나 곧바로 운동장 세 바퀴를 뛰었다. 다른 아이들이 비몽사몽하여 인상을 쓰고 툴툴대고 있을 때, 나는 항상 맨 앞에서 뛰는 아이였다. 아침에 떠오르는 태양조차 사랑스러워 보였다. 이른 아침에 운동장을 달린다니! 정말 멋진 일이잖아? 꿈은 아닐까? 이건 축복이야!

고등학교의 과학 공부는 훨씬 재미있었다. 내 질문에 항상 명쾌한 답을 주시는 선생님들이 계셨고, 특히 생물과 화학이 흥미로웠다. 생물은 눈으로 볼 수 있는 현상을 다루는 영역이라는 점이 재미있다. 고등학교 생물반 동아리에서 톰테이토(TomTato) 키우기 실험을 했던 것이 기억 난다. 줄기에는 토마토가, 뿌리에는 감자가 열리는 식물을 키우는 것이었다. 개구리 해부도 다소 징그럽긴 했지만 신기하고 새로운 경험으로 남아 있다. 화학도 마찬가지로 눈으로 보는 즐거움이 있었다.

서로 섞었을 때 화학 반응이 일어나는 물질이 있다. 한 번은 알칼리 금속인 나트륨 조각을 물기가 있는 실험실 세면대에 넣었다가 폭발한 적이 있었다. 정말 아찔한 사건이었지만, 아무도 다치지 않았으니 어린 우리에게는 우스운 해프닝일 뿐이었다. 나는 화학 경시대회에 나가기도 했고, 일반 교과 성적도 제법 잘 나왔다. 덕분에 이 년 만에 고등학교를 조기 졸업하고, 카이스트에 입학할 수 있었다.

카이스트는 2학년 이후 주전공을 선택하는 자유전공 시스템이었기에, 신입생들에게는 일 년간 물리, 화학, 생물, 지구과학 등 다양한 분야를 알아가며 자신에게 맞는 전공을 찾을 수 있는 시간이 주어졌다. 나는 생물을 선택할 생각이었다. 아는 사람들은 이쯤에서 묻는다. “그런데 왜 물리로 방향을 틀었어요?” 학생들 사이에서 통하는 말이 있다. ‘제물포’, 제풀에 지쳐 물리 포기. 그만큼 물리를 어려워하는 사람이 많다. 나 또한 고교 시절 가장 자신 없는 과목이 물리였다. 아무리 노력해도 이해되지 않고 성적도 제자리라 많이 좌절했다.

그런데 도대체 왜 나는 내가 가장 약했던 물리를 전공으로 선택했을까?

우선 나름의 계산이 있었다. 물리는 만물의 이치이고, 모든 학문의 기초다. 물리를 배워두면 이다음에 내가 기계공학을 하든, 전기·전자를 전공하든, 무엇을 하든 도움이 되리라고 생각했다. 하지만 내가 물리를 선택한 가장 결정적인 이유는 바로 물리가 어려웠기 때문이다. 나와 마찬가지로 물리가 어렵다고 하면서도 물리학과를 선택하겠다는 친구들이 있었다. 나도 질 수 없다는 이상한 자존심이 생겼다. 물리에 뜻이 없어서도 아니고, 그저 '어려워서' 피해 간다는 것이 마음에 들지 않았다. 노력해보고 싶었다. 나를 시험해보고 싶었다. 나중에 전공을 바꾸는 한이 있더라도.

본격적으로 배우는 물리는 굉장히 어려울 것이었다. 애초에 내가 물리학과에서 끝까지 버틸 수 있을 거라고는 생각하지도 않았다. 첫 번째 예상은 적중했다. 실제로 부딪쳐보니 교수님 말씀을 알아듣는 것만도 버거웠다. 수업 시간의 두 배 이상을 혼자 씨름해야 간신히 수업 내용을 이해할 수 있었다. 그래도 역시 그 어려운 문제에 도전하고 어떻게든 풀어내려 애쓰는 자신이 대견했던 것 또한 사실이다. 사 년 뒤, 다른 한 가지 예상은 빗나갔다. 나는 물리학과에서 끝까지 버텨내 무사히 졸업했다.

"하고 싶은 것을 계속해도 될까요?"

중고등학교에서 강연을 할 때마다 자주 받는 질문이다. 여기서 '하고 싶은 것'이란 여러 가지가 될 수 있겠으나, 나는 과학자이니 과학이라 생각하고 이야기해 보겠다. 이공계 교과목에서 두각을 나타내는 아이들이 있다. 스스로 과학을 더 공부하고 싶다고 생각하지만, 부모님과 선생님들은 만류한다. "네 성적이면 의대를 가야지!" 나 역시 비슷한 상황을 맞닥뜨린 적이 있기에 아이들이 얼마나 혼란스러워할지 십분 이해할 수 있다. 부모님과 선생님의 완강한 주장 앞에서 과학을 좋아하는 자신의 마음은 한없이 유약해 보인다. 거기에 가보지 않은 길에 대한 불안감까지 더해진다. 먼저 살아본 어른들이 아니라고 하는데 어떻게 그에 반기를 들 수 있겠는가. 아이들은 결국 하고 싶은 것을 포기한다.

아이들이 자기 마음의 소리를 듣고 따라가려면 기회가 주어져야 한다. 바로 한 가지 주제에 온전히 몰입하며 자신의 관심사를 확인해볼 수 있는 기회, 비슷한 열정을 가진 친구들과 만나 소통할 수 있는 기회다. 내게는 그 기회가 중학교 시절 '과학영재교실'이었다. 그렇기 때문에 나는 어른들이 과학하고자 하는 학생들이 모일 수 있는 장을 열어주어야 한다고 생각한다. 나 혼자 가는 게 아니라 많은 친구와 함께 간다는 사실을 알면 두려움은 사라지기 때문이다.

오늘날의 영재학교와 과학고등학교는 그 설립 취지가 무색하게 '의대'에 진학하기 위한 관문 정도로 전락해버렸다. 창의적이고 자유로운 사고를 할 수 있는 아이들을 데리고 똑같은 기출문제를 반복하여 풀게 한다. '좋은 대학'에 보내기 위해서다. 과학이 좋아서 과학하겠다고 나선 아이들은 금세 '문제 푸는 기계'로 거듭난다. 자율적이고 독립적인 사고가 결여된 무기력한 사람은 결코 과학자가 되지 못할 뿐 아니라, 개인으로서도 자신의 삶에 만족할 수 없다.

나는 과학자가 되고 싶어 하는 청소년들이 꿈을 포기하지 않아도 되는 사회를 꿈꾼다. 아이들의 지적 호기심을 충족해주는 사회, 선택과 기회를 제한하지 않는 사회, 시도와 과정의 의의를 인정하고 존중하는 사회, 실패하더라도 다시 도전하고 탐색할 기회가 주어지는 사회. 그것은 누구 한 사람의 책임이 아니라 우리 모두의 책임, 미션(mission)이다.

별은 한자리에 머무르지 않는다

시거이용현 연묵이뢰성

尸居而龍見 淵默而雷聲

『장자(莊子)』 외편 「재유(在宥)」에 나오는 말이다. 시동*처럼 가만히 있다가도 때가 되면 용이 되어 나타나고, 깊은 연못처럼 고요히 침묵하다가도 때가 되면 우레 같은 소리를 낸다는 뜻이다.

* 尸童. 옛날 신주가 없이 제사를 지낼 때 조상을 대신하여 제사상 앞에 소상처럼 앉아 있는 아이.

이는 합천의 작은 정자 뇌룡정의 기둥에 적혀 있는 글귀이기도 하다. 조선 중기의 학자 남명 조식 선생(曺植, 1501~1572)은 '실천'하는 배움의 중요성을 강조하며 임금에게 직언하는 것도 주저하지 않았다. 그런 그가 학문을 연구하고 제자들을 가르친 곳이 뇌룡정이다.

'가만히 있다' '고요히 침묵하다'라는 말은 일견 아무것도 하지 않는다는 것처럼 보인다. 결코 그렇지 않다. 때가 되었을 때 용이 되어 승천하고 우레와 같은 소리를 내기 위해서는, 평소 부단히 노력하며 실력을 쌓아야 한다. 그러지 않으면 때가 와도 아무것도 할 수 없으며, 심지어 그때가 언제인지조차 알지 못할 것이다. 남명 조식 역시 닭이 알을 품듯 정성을 다해 학문을 연구하고 후학을 양성하려 애쓰며 한평생을 살았다.

인생은 언제나 선택의 연속이다. 학부 2학년 때 물리학으로 전공을 확정했지만, 고민은 끝나지 않았다. 나는 다시 대학원에 진학할지, 다른 진로를 선택할지 고민해야 했다. 다행히 학교는 희망하는 학생들을 위해 다양한 회사와 연구소의 인턴 기회를 마련해두고 있었다. 나는 할 수 있는 한 최대한 많은 기회를 경험해보려 노력했다. 기업연구소와 국가연구소, 대학교 어느 한쪽에 치우치지 않고 다양한 곳에서 일했다. 경기도 이천에 있는 현대전자 플라스마 디스플레이 패널(PDP) 실험실에도 있었고, 삼성종합기술원 핵융합로(KSTAR) 개발 프로젝트에도 참여했다. 덕분에 몸은 배로 힘들었지만, 지금의 피로가 장래의 실력이 되리라는 믿음이 있었다. 적은 금액이나마 돈까지 벌 수 있다고 생각하면 기분이 좋아졌다. 이후에 내가 있는 연구소에 인턴으로 오는 친구들을 만나면 최선을 다해 가르치려고 했다. 배움을 위해 쉬지 않고 노력하는 모습이 아름다웠고, 학생들에게 이 시기가 얼마나 중요한지 잘 알기에 선배로서 해줄 수 있는 것은 다 해주고 싶었던 것이다.

경험을 통해 확실히 깨닫게 된 사실은 나는 기업체와는 맞지 않는다는 것이었다. 매일 이른 새벽에 출근하기를 반복하는 생활은 찰리 채플린의 〈모던 타임스 *Modern Times*〉*를 연상시켰다. 그보다는 국가연구소에

* 찰리 채플린 감독·주연, 〈모던 타임스*Modern Times*〉, 1989.

들어가는 편이 더 즐겁고 행복하게 일할 수 있을 것 같았다. 어느 정도 연구의 자율성을 보장받으면서, 국가 단위의 큰 프로젝트에도 참여할 수 있었기 때문이다. 대학 교수처럼은 아니어도 학생들을 가르치고 지도할 수도 있었다.

대학원 진학을 결심하고 나서도 또 다른 선택이 나를 기다리고 있었다. 물리학과에는 실험실이 교수님 인원 수만큼 많이 있었다. 삼십여 개의 실험실 중 어느 실험실에 갈 것인가? 나는 선택하기 전에 우선 카오스 이론물리, 토카막 플라스마, 우주물리, 광학 등 여러 개의 실험실을 선택해서 두세 달씩 돌아가며 생활해보기로 했다. 그리고 최종적으로 인공위성을 만드는 우주과학 실험실을 선택했다. 내가 만든 위성을 우주에 보내는 일, 나는 지구에서, 위성은 우주에서 서로 소통하는 일이 의미 있고 멋지다 여겨졌다. 그렇게 나는 2003년 9월 과학기술위성1호(우리별4호)가 러시아의 플레세츠크 우주센터에서 우주로 보내질 때까지 탑재체 개발팀의 유일한 여자이자 막내로서 일했다. 나는 우주과학 실험용 탑재체 네 개 중 하나를 맡아서 제작했다.

여담이지만, 이 시기의 내 모습이 드라마 〈카이스트〉*의 등장인물 중 한 명인 '민경진(강성연 분)'의 모델이 되었다는 사실을 뒤늦게 알게 되었다. '인공위성 만드는 실험실의 유일한 여자'라는 정체성이 창작자로서는 꽤 흥미로웠던 모양이다. 정작 나는 이 드라마가 방영될 당시에는 막내로서 일을 배우고 따라가기에 바빠서 텔레비전 시청은 꿈도 꾸지 못했다. 똑똑하고 강단 있지만 어딘가 4차원인 '똘끼 충만한' 캐릭터였다고만 전해 들었다. 드라마가 방영된 지 이십 년이 더 되었음에도 여전히 그 드라마와 주인공을 기억하는 사람들을 만난다. 방송의 힘이 대단하다고 느낀다.

2005년 MBC에서 〈내 이름은 김삼순〉이라는 드라마가 방영된 후 파티시에라는 직업이 대중에 널리 알려지고 제과제빵학교에 들어가는 청소년들이 많아졌다는 소식을 들었다. 좋은 현상이라고 생각했다. 아이들이 그전에 몰랐던 삶의 가능성을 하나 더 알고 자기 적

* SBS, 송지나·김윤정 극본, 신윤섭 연출, 1999년 1월 24일~2000년 10월 8일 방영.

성을 찾게 된다면 기쁜 일이니까. 이후로 드라마 〈카이스트〉를 보고 과학도의 꿈을 키웠다는 사람을 많이 만났다. 과학계를 다루는 좋은 드라마나 영화, 소설 등이 많이 나와서 과학자의 꿈을 키우는 이가 많아졌으면 좋겠다.

내 인생 첫 번째 위성이자 국내 첫 천문·우주과학 위성인 과학기술위성1호가 우주로 나가는 모습을 모니터 화면으로 지켜보는 마음은 말로 설명할 수 없을 만큼 뿌듯하고, 자랑스럽고, 신기했다. 세상에 이런 경험을 할 수 있는 사람이 몇이나 되겠는가. 그저 감사할 뿐이었다.

우주과학 실험실에서의 경험은 나에게 가장 큰 자산이 되었다. 그 시기를 겪으면서 이후의 연구 방향을 '우주환경 분석'으로 정했기 때문이다. 내가 지금까지 걸어온 길을 돌아보면 적성은 타고나기도 하지만, 길러지는 것 같기도 하다. 곰곰 생각해보면 묘한 기분이 든다. 만약 내가 그 시절 다양한 경험을 해보지 않았다면 지금과는 전혀 다른 삶을 살게 되었을지도 모른다는 사실이. 이 책을 읽는 독자님들께도 묻고 싶다. 지금의 삶 외에 여러분이 살 수 있는 삶으로는 또 무엇이 있을지, 여러분 앞에 주어진 삶의 가능성은 어떤 것들인지, 그리고 무엇보다 지금 주어지는 상황들 속에서 충만히 경험하고 있는지.

2008년부터 과학기술연합대학원대학교(UST) 교수로서 석박사 대학원 학생을 선발하기 위한 입시 면접 심사에 계속 들어가고 있다. 천문우주과학 전공 대학원을 지망하는 이들 중에는 경제적인 이유와 부모의 권유 등으로 평생 원하지 않는 일을 하며 살다가 뒤늦게 후회하고 제 길을 찾아왔다는 사람이 많았다. 육십 대 넘은 건축학과 교수님이 지원한 적도 있었다. 마음 같아서는 먼 길을 돌아온 그 모든 분에게 기회를 드리고 싶었다. 하지만 대학원 정원은 너무 적고 한정되어 있기 때문에 그럴 수 없었다. 나이는 숫자에 불과하다지만, 아무리 그래도 너무 늦으면 제약이 생기는 것이 현실이다. 안타까울 뿐이다.

사람마다 행복을 느끼는 기준은 다르지만, 어떤 일을 함에 앞서 내가 뭘 할 수 있는지, 내가 무엇을 좋아하고 어떤 역할을 수행할 때 유능감을 느끼는지 아는 것은 매우 중요하다. 한마디로 나의 가치관을 알아야 한다는 것이다. 내가 생각하는 행복한 삶이란 이러하다. '자기가 주인이 되어 주체적으로 결정하는 삶.' 나는 스스로 선택하고 성취할 수 있는 자유를 중요하게 여겨 연구자의 삶을 선택했다. 단, 책임과 평가는 감내해야 하지만 자유가 있다면 그 정도 무게쯤은 견딜 수 있을 것 같았다.

별의 일생은 그 질량에 따라 크게 달라진다. 별의 질량에 따라 별의 일생은 달라지고, 마지막의 모습 또한 다르다. 질량이 아주 무거운 별들은 상대적으로 주계열에 오래 머무르지 않고 금방 진화해버린다. 이는 짧은 시간 내에 엄청난 에너지를 발산하기 때문이다. 그리고 상대적으로 가벼운 별일수록 약하게 에너지를 오래 낸다.

'나'라는 별의 질량과 에너지를 어떻게, 어디에 쓸지 결정하는 것은 내 몫이고 이를 더 빛나도록 하는 것은 사회의 역할이다. 여기까지 말했으나, 이는 어디까지나 '황정아'라는 개인의 주관적인 이야기다. 나의 행복에 대해서 말해줄 수 있는 사람은 언제나 결국 나 자신뿐이다.

지금까지 걸어온 길에서 한순간도 후회스러운 부분이 없다. 가지 않은 길에 대하여 '만약 그랬으면 어떻게 됐을까?' 정도로 상상의 나래를 펼치는 호기심이라면 모를까. 가능한 모든 일을 경험하며 실력을 쌓고, 주어진 선택지 중 나에게 가장 잘 맞고 내 마음이 진정 원하는 것을 찾기 위해 노력해온 까닭이라고 생각한다.

2부

실패를
의연히
해내는 직업

천문학자가 아니라 "우주 물리학자"입니다

"천문학자세요?"

내가 한국천문우주연구원*에서 근무한다고 소속을 밝히면 십중팔구 듣는 질문이다. 더러는 "아름다운 밤하늘의 별을 연구한다니, 정말 멋진 직업이에요."라고 덧붙인다. 하지만 나는 인공위성을 만들고 우주환경을 연구하는 물리학자다.

아마도 우리에게는 '우주=천문학'이라는 공식이 익숙한 탓일 테다. "천문학자와는 하는 일이 좀 달라

* 한국천문연구원, Korea Astronomy and Space Science Institute, KASI.

요."라고 대답하면서도, '우주와 물리를 어떻게 쉽게 연결해서 설명할 수 있을까?' 고민하곤 한다.

과학고 재학 중에는 생명과학과 화학을 더 재미있게 공부했지만, 막상 카이스트에 진학해서는 최종 전공으로 물리학을 선택했다. 앞서 이야기했지만, 소위 천재적이었다거나 그쪽 성적이 월등했기 때문이 아니다. 도리어 물리는 내게 가장 취약했던 분야다. 그런데도 물리를 선택한 것은 다소 엉뚱한 이유였다. 우수한 성적을 자랑하는 아이들이 대개 물리학을 택했다는 것, 그리고 내가 어려워하는 분야를 선택해서 과연 얼마나 성취를 이룰지 한번 겨뤄보자는 마음. "순간의 선택이 영원을 결정한다."라는 광고 문구처럼 이후 나는 물리학자, 좀더 세분하자면 "우주 물리학자"로 살고 있다.

우주 물리학은 우주에서 일어나는 다양한 물리적 현상을 연구하는 학문이다. 별, 은하, 블랙홀, 대폭발과 같은 우주의 대규모 구조와 진화를 이해하기 위해 물리학의 법칙을 적용하기에 흔히 우주 물리학이라는 표현을 사용한다. 연구 대상이 우주인 만큼 천문학과 밀접하게 연결되어 있고, 관측 및 이론 물리학을 통해 우주의 기원과 구조에 대한 지식을 확장한다. 간단히 차이를 살펴보자면 천문학은 우주의 모든 천체를 대상으로 하고, 우주 물리학은 우주공간 자체와 그 성질, 우주환경, 우주기원과 진화 등을 포괄적으로 연구한다. 따라서 우주 물리학은 우주비행, 위성 통신, 우주기상 등과 관련된 다양한 분야에 응용된다. 그중에서도 나는 우주로 보낼 탐사선을 기획하고 개발하는 일을 하고 있다.

나 역시 다른 사람들처럼 밤하늘의 별을 바라보면서 별자리 신화를 떠올리거나 우주 너머를 그려보곤 했다. 시골에서 어린 시절을 보낸 덕이다. 하지만 그런 기억 때문에 우주 물리학자가 된 것은 아니다. 다만 막연하게나마 우주로 날아갈 물체를 내 손으로 직접 만들고, 우주로 보낸 그 물체가 나와 통신하고, 내가 명령하는 대로 움직인다면 얼마나 신이 날까, 하는 상상을 즐긴 적은 많았다. 청소년기에 찾아온 여러 우연과 학문적 로망이 중첩되어 만들어진 내 삶의 벤 다이어그램 한가운데에 날아와 꽂힌 것이 바로 우주 물리학이다.

카이스트 물리학과에는 다양한 종류의 실험실이 있었다. 마음만 먹으면 모든 실험실에 들어가 원하는 실험에 도전할 수 있다. 내가 우주 물리학을 전공하게 된 결정적인 순간도 이 실험실과 관련된다. 카이스트의 우주과학 실험실에서의 경험 덕분이라는 뜻이다. 당시 우주과학 실험실에 들어가려면 엄청난 경쟁을 통과해야 했다. 들어가기를 희망하는 학생들이 매우 많았기 때문이다. 그때 우주과학 실험실은 해당 분야에서 중요한 국책 연구를 수행하고 있었는데 우리에게는 그 모습이 매력적인 연구에 동참할 수 있는 최적의 기회로 보였다.

카이스트뿐 아니라 과학이나 공학으로 이름난 대학에서는 학생들이 최신 과학에 열중하게 마련이다. 과학은 과거가 아니라 가장 첨단의 현재다. 그래서 다양한 연구실 중 자신의 관심사에 맞는 연구실을 선택하려고 치열하게 경쟁을 벌이는 것이 일반적이다. 이러한 경쟁은 "과학 좀 하는, 과학 좀 하고 싶어 하는" 사람들 사이에서는 너무나도 당연한 것 아닐까? 나는 타고난 승부욕을 발휘하여 당당히 면접 발표를 통과하고 우주

과학 실험실의 일원이 되었다.

우주과학 실험실 소속이 되어 인공위성 탑재체 연구에 참여하면서 나는 드디어 우주연구의 핵심에 들어오게 되었다. 우리 연구팀은 탑재체 중에서 우주물리 탑재체 4종을 개발하는 임무를 수행하고 있었는데, 나는 그중에서도 실리콘 센서를 사용하여 전하를 띠고 있는 전자와 양성자의 개수와 에너지를 측정하는 고에너지 입자 검출기를 만들었다. 고에너지 입자 검출기는 입자의 존재와 특성을 감지하고 분석하는 역할을 하는 것으로 물리학, 응용 물리학, 의료 진단 등 다양한 분야에서 활용되며, 입자의 운동량, 에너지, 전하 등을 측정하여 입자의 종류와 상호작용을 연구하는 데 폭넓게 사용된다.

인공위성은 인공위성의 생존과 직결된 부분인 본체와 인공위성이 무슨 일을 하는지를 결정하는 탑재체 부분으로 구성된다. 사실상 인공위성이 무슨 일을 하는지를 결정하는 탑재체의 역할이 매우 중요하다. 따라서 탑재체는 '인공위성의 꽃'이라고 불리기도 한다. 그만큼 어려운 기술을 요하는 부분이기도 하다.

나는 실험실에 들어가자마자 중요한 탑재체 하나를 담당하게 되었다. 너무 막막하고 힘에 부쳤다. 실험실에서도 가장 고연차 선배가 개발하고 있던 탑재체인데, 이제 막 실험실에 들어온 나에게 넘기고 선배는 곧 졸업하게 된 참이었다. 짧은 시간 안에 선배가 개발해온 모든 부분을 이해하고 배워야 해서 매우 힘들었다. 해내지 못하면, 연구실에 제대로 정착할 수 없을 것 같다는 불안감도 들었다. 나에게는 일종의 고비가 찾아온 것이다.

실험실에 들어온 지 고작 몇 달만에, 선배가 지금까지 개발해온 이력을 포함해서 많은 것을 습득해야만 했다. 게다가 남은 개발 기간 안에 최종 버전의 개발까지 완료해야만 하는 엄청난 숙제가 주어졌다.

이루 말할 수 없는 고초가 있었다. 너무 힘들었지만, 어찌 됐든 주어진 개발 기한 안에 탑재체 개발을 완료했고, 무사히 발사되었다. 이 극한의 개발 경험을 통해 나는 많이 성장했다. 과학기술위성1호 탑재체 개발은 나에게 우주 탐사와 관련된 실질적인 작업에 참여할 기회가 되었고, 나중에 나의 박사 논문 주제인 밴 앨런대(Van Allen Belt) 연구로 이어졌다. 나는 이 주제 연구로 한국에서는 처음으로 박사 학위를 받았다.

내가 개발에 참여했던 고에너지 입자 검출기는 과학기술위성1호에 탑재되어 2003년 9월 러시아에서 발사되었다. 이 탑재체는 1MeV(메가전자볼트) 이상의 에너지를 가진 전자가 탑재체 내에 있는 실리콘 센서에 부딪히면서 센서에 전달된 에너지(Linear Energy Transfer) 크기를 계산하여 전자의 수를 세는 장치로, 지구 주변의 저궤도를 돌면서 고에너지 입자를 검출하는 데 사용되었다. 이를 측정하면, 지구의 극지방으로 유입되어 들어오는 하전 입자들의 개수와 에너지를 파악할 수 있다. 태양에서 태양 폭발 이벤트가 발생하면, 태양풍에 실려서 고에너지 하전 입자들이 지구로 들어오는데, 극지역으로 들어오는 이 입자들 중 일부는 오로라를 만들어낸다. 내가 만든 고에너지 입자 검출기는 오로라가 발생했을 때 극지역의 입자들을 현장에서 관측할 수 있도록 만든 장비이다.

'과학자는 랩에서 실험하고, 대중은 일상에서 그 결과를 실험한다.'

참으로 마음에 드는 문장이다. 사실 실험실 안에서의 일거수일투족에 몰두하다 보면 종종 과학이 추상화되는 듯한 경험도 하게 마련이다. 하지만 우리 과학자들의 크고 작은 노력이 인류의 현실과 삶을 어떻게 바꿀지, 그 수준을 어디까지 끌어올릴 수 있을지 상상하면 정말 짜릿하다. 알려진 바와 같이 위성은 통신, 날씨 예측, 지구 관측, 탐사, GPS 항법 시스템 등 다양한 방면에서 여러 측면으로 일상생활에 기여한다. 위성을 통해 전 세계적인 TV 방송, 인터넷 서비스, 재난 모니터링, 환경 변화 감시 등이 가능해진다. 또한 GPS를 통한 위치 정보 서비스는 운송, 물류, 개인 항법 등에 필수적이다. 이러한 기술은 생활의 편의성을 높이고, 재난 대응 및 환경 보호에 매우 중요한 역할을 한다.

위성 탑재체와 관련된 연구를 하다 보면 자연스레 우주환경에도 깊은 관심을 두게 된다. 내가 쓴 책 『우주

미션 이야기』에서 말한 것처럼 '우주의 환경은 전자 제품이 견뎌내기에는 매우 가혹하기 때문'에 '인공위성을 만들 때는 단계별로 매우 엄격하고 까다로운 절차를 지켜야' 한다. 따라서 우주환경을 이해하는 것은 모든 우주 물리학자의 선결 과제이다. 위성의 수명을 유지하려면 까다로운 제반 조건을 만족시켜야 하는 등 위성 개발과 우주환경과의 관계는 매우 밀접하다. 하지만 우주환경을 모니터링하고 이해하는 일이 비단 위성이나 발사체 개발에만 연관된 건 아니다. 지구에 사는 우리에게도 우주환경은 반드시 이해하고 알아야 하는 것이다. 지구의 자기장이 태양풍의 대부분을 막아주고 있기는 하지만, 그 영향은 지표면에까지 미치고 있다. 우리가 지구에 발을 딛고 사는 이상 우주환경을 무시할 수 없다는 뜻이다.

우주 물리학이란 개념을 설명하기에 곤란했던 것과 마찬가지로 처음에는 우주환경이란 개념을 대중에게 전달하는 데 어려움이 있었다. '환경'이란 단어를 들을 때 우리 머릿속에 떠오르는 이미지는 늘 '지구'가 먼저인 탓이다. 지구를 중심으로 나와 여타 생명체, 자연,

대기… 이런 것들을 상상하게 마련 아닌가. 그런데 우주환경은 여기서 더 나아간 개념이다. 즉 지구 대기권 외부에 존재하는 우주 공간의 조건을 말하는 것으로 우주방사선, 자기장, 전파, 태양풍 등 다양한 요소를 포함한다. 우주환경 연구는 우주기상을 이해하고, 우주 탐사, 위성 운영, 우주비행과 같은 우주에서의 여러 활동에 대한 안전성을 향상하는 데 필수적이다. 우리가 여행을 가기 전에 날씨 예보를 미리 살피는 것처럼, 우리가 우주로 나가기 위해서는 '우주날씨'를 사전에 알아야만 한다.

한국천문연구원 세종홀 3층에 있는 우주환경연구센터는 요즘 나의 연구실이다. 우주환경 감시실은 2007년에 내가 처음 입사하면서 직접 설계해서 만든 곳이다. 그리고 우주환경 감시실은 최근까지도 우주환경 종합 통제실 역할을 하고 있다.

여기서 나는 우주환경 감시, 우주날씨 예측, 지구

대기 및 우주방사선에 대한 이해를 높이는 데 도움이 되는 여러 연구를 수행 중이다. 무엇보다 우주환경 변화로부터 지구가 안전한지 감시하는 일이 주 업무인데, 인류의 삶이 우주환경의 변화 즉 우주날씨와 밀접하다는 사실 때문이다.

"우리는 지구에 발을 딛고 사는 지구인이지만, 우주환경을 무시할 수 없는 우주인이기도 합니다. 태양 폭발 때문에 발생할 수 있는 우주재난에 대비한다는 측면에서도 우주날씨를 정확하게 이해할 필요가 있습니다."

내가 강연에 나가서 곧잘 하는 이야기이다. 우주날씨는 태양풍, 우주방사선, 태양 플레어와 같은 현상을 포함하는데, 이러한 현상은 지구의 통신 시스템, 전력망, 위성의 기능에 영향을 준다. 예를 들어, 강력한 태양 폭풍은 지구의 자기장을 교란하여 전력망의 고장을 발생시키고, GPS 신호 오류를 초래한다. 따라서 우주날씨 연구는 기술적 시스템의 안정성을 유지하고, 우주 비행사 및 항공기 승객의 안전을 보호하는 데 매우 중요하다. 나는 우주환경연구센터에서 태양, 자기권, 전리권 연구자들과 함께 활발하게 협력하면서, 위성 관측 자료와 지상 관측 자료 등을 통해서 우주환경 변화를 24시간 내내 감시하고 있었다. 관측 자료뿐 아니라 이론 물리 모델을 운영하면서, 우주날씨를 예측하는 시뮬레이션 연구도 수행했다. 태양과 우주가 지구 환경에 미치는 영향을 이해하고, 우주환경으로부터 초래되는 다양한 위험에서 지구를 보호하기 위해서 말이다.

이따금 이런 생각을 해본다. 텔레비전에서 내보내는 저녁 뉴스 마지막에 "오늘의 우주날씨를 말씀드리겠습니다."라는 예보 꼭지가 하나 더 편성되면 어떨까, 하는 생각이다. 매일 매일 우주날씨에 대한 정보를 접하다 보면 저 먼 곳에서 이루어지는 우주 탐사나 위성 기반의 다양한 서비스에 대한 이해가 깊어지고 한결 친밀해지지 않을까. 그런 날이 온다면 나는 어쩌면 우주기상 캐스터가 되어서 여러분들 앞에서 내일의 우주날씨를 예보하고 있을지도 모르겠다.

풍문으로 들었소, "과학"하는 사람들

"과학자가 되기 위한 첫 번째 자질이 무엇인가요?"
"자신의 재능과 관심사를 아는 것입니다."

2014년 카이스트에서 열린 '한국연구재단과 함께하는 즐거운 이동과학교실' 행사에서 2007년 노벨 물리학상 수상자인 페터 그륀베르크(Peter Grünberg) 교수는 학생의 질문에 답했다. 과학적 탐구에서 자기 인식의 중요성을 강조한 것이다. 과학적 탐구에서의 자기 인식이란 자신의 편견, 한계, 관점을 이해하는 것을 뜻한다. 이는 개인적인 경험과 관점이 데이터 해석과 실험 설계에 어떤 영향을 미칠 수 있는지 인식하는 데 있어 매우 중요하다. 이러한 인식은 연구의 객관성과 무결성을 보장하여 과학자가 자신의 가정이나 가설에 의문을 제기하고 새로운 증거나 대안적 해석에 열린 자세를 유지할 수 있도록 도와준다.

페터 그륀베르크 교수는 스핀트로닉스와 나노기술 분야에 큰 공헌을 한 독일의 물리학자다. 페터 그륀베르크의 연구는 최신 하드 디스크 드라이브 및 기타 데이터 저장 기술의 개발에 지대한 영향을 미쳤다고 평가된다. 나 역시 그의 의견에 동의한다. 이는 물론 다른 직업에도 마찬가지로 적용되는 말이다. 예를 들어, 글을 잘 쓰고 다루는 두 사람이 있다고 치자. 제삼자가 보기엔 두 사람의 능력이 도긴개긴이다. 그런데 한 사람은 편집자라는 직업이 자신에게 더 맞는다고 생각하는 반면 다른 사람은 창작이 더 맞는다고 생각한다. 전자의 경우 이미 있는 것을 두고 '어떻게 하면 이걸 더 빛내줄 수 있을까?' 하는 데에 관심이 많은 반면, 후자는 '세상에 없는 것을 만들어내는' 일에 더 관심이 많을 따름이다. 즉 어느 순간이 오면 '지독한 관심'이 판을 가르게 마련이다.

과학자도 마찬가지다. 아니, 과학자에게는 자기 재능과 관심사를 아는 것이 더욱더 중요하다. 그래야만 자신이 가장 확실하게 이바지할 수 있는 분야가 무엇인지 알고, 그 길로 나아갈 수 있기 때문이다. 이후 어려움이 닥치더라도 좌절하지 않고 더욱 깊이 몰입하며, 혁신적으로 사고하고, 지속적으로 동기를 부여할 수 있다.

과학자에게 필요한 두 번째 자질은, '자연계와 물질계에 대한 끊임없는 질문'이라고 생각한다. 아인슈타인이 말했듯이 '질문을 멈추지 않는 것'이다. 과학자는 언제나 과정 안에 있고, 언제나 고민하는 존재다. 어떤 연구이든 처음부터 완벽한 결과를 낼 수는 없다. 수정하고, 반복하고, 다시 시도하고, 뒤엎고, 시도하고, 또 수정한다. 그 안에서 과학자는 "왜?"와 "어떻게?" "그래서?"를 동시에 물어야 한다. 과학자는 묻는 사람인 동시에 답을 찾아내는 사람인 까닭이다.

나의 은사님인 민경욱 교수님은 과학위성 전문가로 대한민국의 스페이스 시대를 개척한 우리별1호의 주역 중 한 사람이다. 프린스턴대학교에서 천체물리학을 전공하고, 위성을 '보다 과학적'으로 생각하는 법을 배우셨다. 나 또한 교수님에게서 그런 관점을 배웠다. 이 분야는 장인이 제자를 일대일로 키우는 도제식으로 이루어진다. 예를 들어, 내가 교수님께 지식과 기술을 배웠다면 그것을 나의 제자에게도 전해주는 식이다. 모든 정보와 지식이 공유되고 개선되는 집단지성의 시대를 살아가는 여러분에게는 이게 무슨 말인가 싶을 것이다. 무형문화재 스승에게서 소리를 전수하거나 무예를 익히는 것도 아닌데, 하면서. 그런데 우주 물리학은 도제식으로 교육한다. 숙련된 과학자가 초보자에게 실습 연구 프로젝트를 안내하고 실용적인 기술, 이론적 지식, 과학적 탐구의 복잡성을 가르치는 긴밀한 멘토링이 포함되기 때문이다. 이런 방법은 실습을 통한 학습을 강조함으로써 수습생이 우주 현상을 관찰, 분석, 해석하는 실제 경험을 쌓아 우주의 작동 원리를 깊이 이해할 수 있도록 돕는다.

나는 멘토인 민경욱 교수님을 진심으로 존경했다. 그분께 칭찬받고 인정을 얻고 싶다는 욕구에 사로잡혀 있었다. 교수님이 과업을 맡겨주시면 무엇이든 그날을 넘기지 않고 바로바로 끝내곤 했다. 교수님이 맡기는 일을 신속하게 끝내는 것에 집중했다.

그날도 교수님의 지시를 받고 밤늦게까지 일하여 다음 날 아침에 교수님이 출근하자마자 결과물을 보여드렸다. 그런데 알고 보니 교수님이 나에게 잘못 시킨 일이었다. 교수님은 "주어지는 일이라 해도 주어진 대로 수동적으로 처리하지 말고 스스로 판단을 먼저 해보라"고 말씀하셨다. 과학자는 무조건 하는 사람이 아니라 "합리적으로 사고할 수 있는 사람"이어야 하고, 연구자는 "능동적이고 적극적으로 내가 하고 싶은 일을 발굴하는 사람"이라고 덧붙이시면서. 결국 왜 자신을 의심하지 않았냐고 나무라는 말씀이었다.

처음에는 화가 났지만, 나중에는 수긍할 수 있었다. 교수님은 나에게 범접하기 어려운 거인이었기에 애초 의심할 생각 자체를 못 한 게 실수였다. 한 번쯤은 그것이 올바른 지시인지 다시 생각하고, 조금이라도 이상하면 되물으면서 합리적으로 판단해야 한다는 것을 깨달은 사건이었다. 이후로 나는 일단 의심하고, 더 나은 방법은 없는지 검토하고, 결과가 나오면 이게 최선인지 한 번 더 묻는 자세를 습관화하게 되었다.

내가 후배들에게 강조하는 과학자가 갖추어야 할 세 번째 핵심 자질은 '인내심'이다. 과학 연구는 수많은 도전과 실패에 직면하는 일이고, 과학자는 이를 극복해야만 하기 때문이다. 인내심이라는 말을 과학자 입장에서 조금 더 자세하게 말하자면, '실패를 두려워하지 않고 목적을 향해 끝까지 가는 자세'다.

과학자의 일상은 실패의 연속이다. 백번 천번 시도하고, 좌절했다가 다시 일어서는 삶이다. 어쩌면 과학자는 '잘 실패하는 능력'을 가진 자인지도 모른다. 흔히 말하는 회복탄력성이 좋아야 한다. 잘 이겨내고, 굴하지 않고, '실패하더라도 괜찮다.' '다시 도전하면 그만이다.' '용기만 잃지 말자.' 류의 생각으로 중무장한 이들이 바로 과학자다. 나는 늘 후배들에게 말한다.

"실패하는 것도 능력이야. 잘 실패하면 돼. 내가 설

계한 회로가 한 번에 성공하는 일 따위는 없어. 처음 의도한 대로 위성이 동작할 때까지 수백 번, 수천 번 같은 실험을 반복할 각오를 해야만 해. 그러면 언젠가 그 도전의 결과가 우리의 도요샛이 되고 누리호가 될 거야."

위성을 만들면서 힘들지 않은 순간은 없었다. 일이 일정대로 되지 않아서 힘들었고, 원하는 결과가 나오지 않아서 힘들었다. 주변 사람들의 냉정한 시선도 견디기 힘들었다. 정말이지 포기하고 싶은 적도 많았다.

누리호가 쏘아 올린 도요샛을 만들 때의 상황이 떠오른다. 태양전지판이 제대로 펼쳐지지 않아서 애타기도 했고, 추력기가 제대로 동작하지 않아서 애를 먹기도 했다. 원래 설계대로라면 태양전지판의 양 날개가 동시에 펴져야 하는데, 한쪽이 펼쳐지고 이어서 다른 한쪽이 펼쳐진 것이다. 이렇게 되면 위성의 자세 제어가 힘들어진다. 어쩔 수 없이 소프트웨어적으로 위성 자세 제어 프로그램을 수정해서 문제를 해결했지만, 이렇게 결정적인 순간에 일이 잘 안 풀리면 맥이 빠진다.

어디 그뿐인가. 함께 오랜 시간 동고동락한 팀 전

체의 분위기도 급냉각된다. 물론 나는 언제나 실패했을 경우를 위한 다른 해결책, 즉 '플랜 B'를 생각해둔다. 연구자의 특성인지 내 개인의 성향인지 모르겠으나, 늘 최악의 상황을 가정해서 계획을 세운다. 대안을 준비해 놓고, '플랜 A가 안 되면 플랜 B로, 플랜 B가 안 되면 플랜 C로 가면 되지!' 하는 식이다. 과학자는 의심이 많아야 하는 직업이다. 어떤 일이든 반드시 확인해서 눈으로 결과를 보아야만 한다. 그래서 이렇게 여러 경우의 수를 마련하는 것이 조금 피곤하긴 하지만, 불안정성을 줄여나간다는 측면에서는 도리어 정신 건강에 도움이 된다.

이런 일도 있었다. 누리호 3차 발사에 실린 4기로 된 도요샛 인공위성 중에서 1기는 아예 발사관에서 나오지 못했다. 위성 4기를 누리호에 실어 보냈는데, 3기만 우주로의 여정을 시작한 것이다. 누리호를 발사하는 순간도 벅찼지만, 1기가 나오지 못했다는 사실을 처음 들었을 때의 절망감이란 이루 말할 수가 없었다. 개발 기간만 자그마치 칠 년이었는데, 아예 출발조차 못 했다니. 그렇지만 나에게는 나머지 3기를 챙겨야 하는 책임이 더 컸다. 1기 때문에 나머지 3기의 인공위성을 잊고 슬픔에 빠져 있을 여유가 없었다. 다른 위성들의 생존 신호와 통신 여부를 계속 확인하고, 정상 운영될 때까지 필요한 다양한 초기 운영 테스트를 진행해야 했다. 위성 개발 전체 주기에서 이와 같은 초기 운영 기간이 가장 피를 말리는 순간이다. 어느덧 초기 운영 기간이 지나가고 정상 운영 기간이 된 터다. 이제 상황은 한결 나아졌다. 하지만 도요샛 위성은 나의 현재까지 연구 인생 중 가장 힘든 시간이었다. 지금도 그때 그 순간을 떠올리면 눈앞이 다시금 새하얘지는 것 같다. 동료들과 함께 몇 개월 동안 통신을 안정화하고 위성의 자세 제어를 정상화하기 위해서 무던히도 애썼다.

말이 쉽지, 실패와 좌절 앞에서 아무렇지 않은 사람이 있을까. 말은 이렇게 했어도 나 역시 실패와 좌절 앞에서는 무력해지는 것이 사실이다. 실패는 아무리 많이 경험해도 절대 익숙해지지 않는다. 실패할 때마다 뼈가 아프다.

물론 이런 현상이 과학자에게만 해당하는 것은 아닐 터다. 누구에게나 실패는 뼈저리게 아픈 경험이고,

누구에게나 도전은 두려운 시도이며, 누구에게나 좌절과 절망은 피하고 싶은 그 무엇이다. 하지만 실패를 견딜 용기와 의지가 있다면 그것으로 충분하다. 우리에게는 '그다음'이 있으니 말이다. 반복해서 경험하다 보면 그만큼 맷집이 생기는 것도 있다.

마지막으로 꼽고 싶은 과학자의 자질은 '인사(人事) 능력'이다. 이 역시 다른 직업군이나 일터에서도 강조되는 덕목이다. 우리가 흔히 말하는 "결국 사람이야."라거나 '인간관계' 혹은 '네트워킹' 같은 말도 인사의 다른 표현일 뿐이다. 이 점을 나는 새 프로젝트를 진행할 때마다 경험을 통해 매번 확신했다.

나는 인복이 많은 사람이다. 정말 그렇게 믿는다. 그래서 어딜 가든 자신 있게 "저는 인복이 많아요."라고 고백한다. 가족, 선후배, 친구… 처음엔 아닌 듯싶었던 사람이나 관계도 지나고 보면 나에게 도움이 되는 방향에 있었다. 개중에는 물론 좋은 가족이나 친구처럼 하늘에서 뚝 떨어진 인복도 있다. 그러나 많은 경우 "적재적소에서 일하며 기량을 펼칠 수 있게" 한 인사의 결과이기도 했다. 이 말은 곧 내가 누군가를 제대로 이해하고 난 다음에야 함께 어떤 일을 도모할 수 있을지 윤곽이 잡힌다는 뜻이다.

좋은 리더는 자신이 모든 일을 다 해내는 능력 있는 사람이라기보다는, 자신보다 뛰어난 인재를 주변에 모을 수 있는 사람이다. 어떤 친구는 하나를 알려주면 말 그대로 열을 해낸다. 내가 알려준 그 '하나'의 의미를 아주 정확하게 파악하고, 그것을 다방면으로 응용하는 능력이 뛰어나다. 이런 사람들은 대개 겉으로 어수선해 보이지만 내면에 엄격한 규칙을 가지고 있다. 책상이나 연구실을 어지럽게 놔두는 것 같아도 알고 보면 패턴이 있는 식이다. 내 주위에서는 수학적 능력이 탁월한 몇몇 친구가 그랬다. 이런 경향의 사람은 자신에게 정말 중요한 것 외에는 다 '안드로메다'로 날려버린다.

반면, 뭔가를 알려주거나 과제를 줄 때 질문부터 하는 사람이 있다. 새로 출시된 물건을 보면 대개 "멋지네, 이거 얼마야?" 하고 감탄하게 마련인데, 이런 부류에 속한 이들은 "이 모양이 어떻게 가능하지?" "왜 이 소재를 썼지?" 하고 꼭 되묻는다. 이들과 함께 일하려면 정확한 배경 설명과 '팩트 체크'를 잘 해줘야 한다. 의외로 당위성에 약한 모습을 보이기도 하는 부류다. 이런 친구들이 내 주변에 좀 더 많이 보이는 것 같다.

그 밖에도 많은 성향의 사람들이 있을 것이다. 어느 쪽이든 '그를 잘 아는 것'이 급선무다. 그래야 소위 '그에게 맞는 일'을 맡길 수 있다. 내가 과학자로서 또 연구자로서 살아오는 동안 '누구를 만나든, 누구와 함께 일하든' 흥미로웠고 또 행복했던 것은 적재적소의 인사 덕분이었던 것 같다. 따라서 나는 먼저 사람을 이해하고 그에게 맞는 일을 함께 찾아가는 능력이 팀을 꾸려 일하는 과학자가 갖춰야 할 자질 중 하나라고 생각한다. 혼자서는 인공위성을 만들 수 없다. 우주에 보낼 탐사선을 만들기 위해서는 다양한 분야의 전문가가 필요하고, 각자의 역할 분담과 일정을 정확히 확인하고 소통하면서 진행해야만 한다. 오늘날 대부분의 현대과학에서 오롯이 혼자서 할 수 있는 일은 거의 없다. 많은 사람과 팀을 이루어서 진행하는 일이 대부분이기 때문에, 과학자도 주변의 사람들과 소통을 잘해야만 일이 제대로 진행된다.

내가 도요샛 프로젝트에서 맡았던 시스템 엔지니어가 바로 그런 역할을 하는 사람이다. 위성의 각 서브시스템 담당자들과의 미팅 일정을 정하고, 반복해서 수많은 회의를 진행하고, 각 담당자의 진행 상황을 체크하고, 일정이 지연되면 원인을 찾아서 해결한다. 큰 프로젝트일수록 다양한 문제들이 발생한다. 주요 부품들이 필요한 시기에 수입되지 않아서 일정이 지연되는 일도 많다. 일을 맡은 담당자가 개인적인 일로 퇴사하는 경우도 있고, 개발 기간이 길어짐에 따라 아픈 사람도 발생한다. 예산 부족 사태도 발생한다. 개발이 계획한 일정대로 진행되지 않을 다양한 위험이 도사리고 있고, 현장에서는 예측하지 못했던 많은 일이 발생한다. 그 모든 일들을 조율하고, 사람과 사람 사이의 문제들을 조율하는 역할이 내가 맡은 역할이었다. 이런 일을 해보면, 과학 연구도 중요하지만, 주변 사람들의 성향을 이해하는 일이 얼마나 중요한지도 깨닫게 된다. 사람마다 각자의 그릇의 크기가 있어서 적당한 양의 일을 맡겨야만 서로가 행복해진다는 것도 알게 되었다.

자신의 재능과 관심사를 정확히 알고, 자연계 및

물질계에 끊임없이 의문을 제기하며, 실패와 좌절에도 굴하지 않으며, 사람의 능력을 제대로 읽고 관리하는 자. 이런 자질을 두루 갖추어야만 진정한 과학자가 될 수 있다니, 얼마나 멋진가.

과학자가 되는 일은 여전히 힘든 일이다. 내가 그런 일을 잘해왔는지는 잘 모르겠지만, 여전히 노력하고 있다. 그래서 나는 과학자인 내가 자랑스럽다.

연구실 밖으로 나온 과학자, 법 제정에 힘을 보태다

우주는 매혹적이다. 물리적 거리만큼 매력이 증폭되는지도 모른다. 그러나 그 아름다운 우주가 누군가에게는 치명적인 위험이 될 수도 있다. 우주방사선 때문이다. 물론 우주환경을 연구하는 사람의 관점에서 우주방사선만 중요한 주제라고 할 수는 없다. 우주환경 연구는 너무도 다양한 주제들을 다룬다. 우주방사선, 태양활동, 자기장, 플라스마, 은하, 우주의 구조, 행성 과학, 우주기상학 등 우리의 상상을 뛰어넘을 정도로 해야 할 연구 분야는 무궁무진하다. 다른 요소들이 인간에게 직접 영향을 미치는 현실감이 적은 데 비해, 우주방사선 이슈는 훨씬 구체적이다. 실제로 우주비행사의 건강,

우주선 설계 및 보호, 우주기상 예측 등에 매우 중요한 영향을 미치기 때문이다. “우주날씨를 구성하는 여러 요소 중 지구인에게 가장 위험이 될 만한 인자가 무엇인가?”라는 질문에 내가 1초의 망설임도 없이 “우주방사선이죠.”라고 대답하는 배경이다.

우주방사선이란 말 그대로 우주에서 오는 방사선이다. 방사선은 에너지가 공간을 통해 전파되는 형태로, 입자 또는 전자기파로 나타난다. 이때 에너지는 다양한 원천에서 발생한다. 방사선의 주요 유형은 전자기 방사선과 입자 방사선인데, 내가 연구한 우주방사선은 주로 입자 방사선에 속한다. 입자 방사선은 원자핵이 붕괴하거나 고에너지가 충돌하는 과정에서 발생하는 입자(알파 입자, 베타 입자)가 에너지를 운반하는 형태다. 한마디로 우주방사선은 우주 공간에서 발생하여 지구로 들어오는 고에너지 입자의 흐름을 말한다. 이 방사선은 우주 깊은 곳에서 발생한 것으로 여러 형태로 나타나고 지구의 대기와 상호작용하여 이차 입자들을 생성한다. 이 입자들은 지구 표면에 도달하기도 하지만, 고도가 높은 곳이나 우주 공간에서 더 많은 양의 우주방사선에 노출될 수 있다. 따라서 우주방사선은 우주 비행사들의 건강에 직접적인 영향을 미칠 수 있고, 지구의 대기 및 기후에도 영향을 주는 매우 중요한 연구 주제이다. 이처럼 모든 지구인이 간과할 수 없는 이슈인 우주방사선 연구가 나에게 보다 중요한 과제로 남은 데엔 특별한 이유가 있다.

언제인가, 누군가가 내게 물었다.

"과학자로서 인생에서 가장 뿌듯했던 순간이 언제인가요?"

거기에 덧붙여, 연구자로서 내 삶에서 모든 장면을 지우고, 딱 한 장면을 남긴다면 어떤 장면을 선택하겠느냐는 질문이었다. 대답하는 데 그렇게 오랜 시간이 걸리지 않았다. 나에게는 항공기 승무원의 우주방사선 연구가 딱 그런 순간이었다. 2009년부터 현재까지, 장장 십사 년간이나 항공기 승무원들의 우주방사선 피폭 연구를 해왔다. 이 문제의 중요성을 처음 깨닫고 법률을 만들어서 승무원들의 방사선 피폭에 의한 산재를 인정받기까지 정말 오랜 시간이 걸렸다. 처음부터 어떤 사명감을 가지고 시작한 일은 아니었다. 현장에서 근무하는 승무원과 조종사들의 건강과 직결되는 문제여서, 연구는 매우 신중하고 조심스러워야 했다. 이 항공기 우주방사선 연구는 과학자로서 또 연구자로서의 나의 가치관 형성에 큰 영향을 미쳤다.

2007년 12월 어느 날, 〈소비자 고발〉*이라는 프로그램의 방송 관계자가 연락을 해 왔다. 북극항로를 운항하는 항공기에서의 방사선 피폭 위협에 대해서 전문가 인터뷰를 요청해 온 것이다. 아직 우리나라에서는 우주방사선 분야에 전문가라고 할 사람이 없는 상황이었다. 항공기 승무원들의 방사선 피폭 문제는 나에게도 생소하고 낯선 분야였다. 연구소에서도 그런 분야의 전문가가 있을 리 만무했다. 그런데 그 일이 나에게 넘어왔다. 고에너지입자 검출 연구를 하고 있고, 지구 방사선대에 관해 연구하고 있으니 내가 적임자라고 판단한 것이다. 나는 그간 인공위성 탑재체를 만드는 일을 해

* KBS, 이영돈 PD·진행, '당신의 여행은 안전합니까?: 방사선의 경고', 2008년 2월 22일 방송.

왔다. 그중 방사선 탑재체 설계와 제작이 나의 주력 무기다. 물론 접점이 없는 것은 아니지만 엄밀히 따지자면 전혀 다른 문제였다. 처음에는 매우 당황했던 게 사실이다. 하지만 문제를 의뢰한 이들의 사연을 들어보니 분명 누군가는 해결해야 할 것 같은 일이었다. 만일 여기서 내가 "하지 않겠다"라고 해버리면 정말 '아무도 안 할 것' 같았다. 그래서 내가 맡았다. 인터뷰를 준비하면서 해외 논문을 뒤져 논문과 사례를 찾아냈다. 실제 피해 사례들을 알게 되었고, 이 문제가 실존하는 문제이며 제대로 연구해서 과학적으로 원인을 분석해야 할 문제라는 것을 알게 되었다.

항공기 승무원은 비행 중 상대적으로 높은 고도에서 근무하기 때문에, 지구 표면에서 생활하는 사람에 비해 우주방사선에 더 많이 노출될 수밖에 없다. 지구 대기는 우주방사선으로부터 자연적인 보호막 역할을 한다. 그런데 대기층이 두꺼운 지구 표면에 비해 고도가 높아지면 대기층이 얇아지므로 항공기가 비행하는 고도(약 30,000~40,000피트)에서는 지표면보다 우주방사선에 더 많이 노출된다. 그뿐 아니다. 항공기 승무원이 근무하는 시간과 비행경로도 방사선 노출 수준에 영향을 준다. 특히 극지방 근처를 통과하는 비행경로는 지구의 자기장 구조로 인해 우주방사선이 더 집중되어 있어 방사선 노출 정도가 한층 심각해진다. 이 같은 이유로 항공기 승무원은 우주방사선에 노출될 위험이 높은 직군으로 간주된다. 이에 따라 항공 산업 및 규제 기관에서는 승무원의 건강 보호를 위해 방사선 노출을 모니터링하고 관리하는 다양한 지침과 규정을 마련하고 있다. 하지만 내가 처음 이 연구를 시작할 때까지는 우리나라에 관련 법률이 없었다.

예를 들어 유럽연합(EU)은 승무원의 우주방사선 물질 피폭 문제를 법적으로 보호하기 위한 조치를 가장 먼저 도입했다. 1996년에 발효된 유럽연합의 기본 안전 기준 지침(European Union's Basic Safety Standards Directive, BSS Directive)은 방사선 물질로부터의 보호에 관한 포괄적인 규정을 담고 있다. 유럽연합 기본 안전 기준 지침에는 항공 승무원은 물론 직업적으로 방사선에 노출될 수 있는 근로자들을 보호하는 조항이 포함되어 있다. 이 지침은 회원국들이 항공 승무원을 포함한 근로자들의 방사선 노출을 평가하고, 필요한 경우 모니터링하며, 노출을 제한하려는 조처를 하도록 요구한다. 다른 많은 국가에서도 이후 비슷한 규정을 도입하거나 강화했다. 우리나라가 유독 이 방면에 무지했고, 중요성을 깨닫지 못하고 있었을 뿐이다.

사안의 심각성을 이해하게 되니 책무가 예사롭지 않게 다가왔다. 일을 맡은 이상 최선을 다하자. 연구를 제대로 하려면 예산 확보가 먼저다. 나는 우선 항공사들을 관리하는 국토교통부를 찾아갔다. 국토교통부에서는 연구개발(R&D) 예산을 따로 지원하지 않는다면서 원자력안전위원회에 가보라고 했다. 그런데 원자력안전위원회에서는 승무원 관리는 항공사 책임이므로, 국토교통부와 잘 이야기해보라는 게 아닌가. 결국 사기업인 민간 항공사들까지 찾아갔다. 항공기 승무원의 방사선 피폭 문제를 연구해야 하니 연구 비용을 지원해달라고 말하자, 그들은 나를 정신 나간 사람처럼 보았다. 이 문제는 '광우병 파동'과 마찬가지라면서 '몰라도 되는 위험성'을 굳이 돈까지 써가며 고객과 직원들에게 알려주고 싶지는 않다고 못박았다. 아니, 세상에 몰라도 되는 위험이 어디 있나. 광우병 역시 한미 두 정부의 얕은 꾀에 굴하지 않고 저항한 시민의 힘으로 최소한의 저지선을 확보하지 않았던가. 도저히 물러설 수 없는 문제였다. 나는 결국 국토부에서 적은 연구비를 확보하는 데 성공했다. 비록 소액이었으나 그 연구를 통해 우리나라 최초의 항공기 승무원 방사선 피폭 연구의 초석을 놓게 되었다.

이제야 하는 말이지만, 우리나라에서 공적 연구 자금을 따내려면 거의 신기(神技)에 가까운 능력을 보유해야 한다. 철벽같은 의지와 인내심은 기본이고, 자존심을 해제해야 하며 마르지 않는 전투력을 지녀야 한다. 그러지 않고서는 자국민의 생명이 달린 사안 하나 정확히 이해하지 못하는 무지와 무관심, 서로 책임을 떠넘기기에 바쁜 부처 간 행태, 예산과 자리를 놓고 네 것 내 것 싸우는 모습을 견뎌내기 어렵다. 첨단과학, 첨단산업을 주장하는 우주 분야라고 해도 예외는 아니다.

우여곡절 끝에 시작한 항공기 우주방사선 피폭 연구를 2009년부터 현재까지 진행 중이다. 비행기 안에서 방사선을 측정하는 관측기로 직접 방사선량을 실측하는 실험을 하고, 방사선 피폭량을 계산하는 이론 물리 모델을 개발해서 시뮬레이션도 하고 있다. 이런 연구를 기반으로 우주방사선에 대한 승무원 보호 조치가 드디어 법적으로 명시되었다. 바로 '생활주변방사선 안전관리법'과 그 시행령을 통해서다.* 이 법률은 항공 운

* 제4장 우주방사선의 안전관리 등 <신설 2022. 6. 10.>
제18조(우주방사선의 안전관리 등)
① 대통령령으로 정하는 항공운송사업자(이하 "항공운송사업자"라 한다)는 우주방사선에 피폭할 우려가 있는 운항승무원 및 객실승무원의 건강 보호와 안전을 위하여 노력하여야 한다.
② 제1항의 운항승무원 및 객실승무원(이하 "승무원"이라 한다)의 범위는 비행노선, 비행고도 및 운항횟수 등을 고려하여 대통령령으로 정한다.
③ 항공운송사업자는 다음 각 호의 사항을 조사·분석하여야 한다.
1. 항공노선별로 승무원이 우주방사선에 피폭하는 양
2. 승무원이 연간 우주방사선에 피폭하는 양
④ 항공운송사업자는 대통령령으로 정하는 바에 따라 제3항 각 호의 사항에 대한 조사·분석 결과를 반영하여 승무원의 건강 보호 및 안전을 위한 조치를 하여야 한다.
⑤ 항공운송사업자는 대통령령으로 정하는 바에 따라 승무원에 대하여 건강진단을 실시하여야 한다. <신설 2022. 6. 10.>
⑥ 항공운송사업자는 대통령령으로 정하는 바에 따라 승무원에게 우주방사선 피폭 등에 관한 사항에 대하여 원자력안전위원회가 실시하는 교육을 받게 하여야 한다. <신설 2022. 6. 10.>

송 사업자가 우주방사선에 피폭될 우려가 있는 운항 승무원 및 객실 승무원의 건강을 보호하고 그들의 안전을 위해 노력해야 한다고 규정한다. 또한 항공 노선별 승무원의 우주방사선 피폭량, 승무원의 연간 피폭량 조사 및 분석, 그리고 승무원의 건강 보호 및 안전을 위한 조치의 실행 등을 포함한 구체적인 사항들을 명시하고 있

제18조의2(항공운송사업자의 기록·보관 및 보고 의무 등)

① 항공운송사업자는 다음 각 호의 사항을 기록·보관하고 원자력안전위원회에 보고하여야 한다.

1. 제18조제3항 각 호의 사항을 조사·분석한 결과
2. 제18조제4항에 따른 건강 보호 및 안전을 위한 조치 결과
3. 제18조제5항에 따른 건강진단 결과
4. 제18조제6항에 따른 교육실시 결과

② 항공운송사업자는 「항공사업법」 제25조에 따라 항공운송사업을 폐업하는 경우 제1항에 따라 보관한 기록을 원자력안전위원회에 제출하여야 한다.

제18조의3(승무원의 건강영향조사)

① 원자력안전위원회는 우주방사선이 건강에 미치는 영향을 파악하기 위하여 승무원에 대한 생활주변방사선 건강영향조사(이하 "건강영향조사"라 한다)를 실시할 수 있다.

② 원자력안전위원회는 건강영향조사를 위하여 관계 중앙행정기관의 장 또는 지방자치단체의 장, 생활주변방사선 관련 기관 또는 단체의 장에게 다음 각 호의 자료의 제출을 요청할 수 있다. 이 경우 자료의 제출을 요청받은 자는 특별한 사유가 없으면 이에 따라야 한다.

다. 이러한 조치는 승무원의 건강을 보호하고 안전을 도모하기 위한 것으로, 항공 운송 사업자에게 승무원이 우주방사선에 피폭되는 것을 최소화하고 관리하기 위한 책임을 부여한다. 이 법이 처음 만들어진 것은 2012년이었으며, 2024년까지 개정을 거듭하며 승무원의 건강 진단 등의 항을 포함하도록 하고 있다.

방사선 피폭 연구가 한창 진행 중이던 2018년, 우리나라에서 최초로 항공기 승무원이 산업재해 신청을 했다. 급성골수성백혈병이었다. 산업재해를 판정하기 위한 심사 기간이 길어짐에 따라 해당 승무원이 사망한 이후 산업재해가 인정된 안타까운 사례였다. 이 최초 사례 이후 음지에서 숨죽이고 있던 많은 다른 승무원들이 연이어 산업재해를 신청하고 있다. 이 문제를 처리할 때도 내가 전문가로서 실측 실험과 방사선량 계산 등을 도왔다. 과학자가 하는 일이 실제로 이렇게 사람들의 삶과 밀접하게 닿아 있다는 것을 그때 처음 깨달았다.

항공기 승무원 방사선 피폭 문제를 연구하면서 연구실 밖의 많은 분을 알게 되었다. 우주방사선으로 인한 건강 문제의 당사자인 많은 조종사와 승무원, 항공사 관계자, 법률을 직접 만드는 국회의원에 이르기까지 다양한 분야의 직업인들을 만났다. 그러면서 승무원들이 그동안 회사의 눈치가 보여서 아파도 아프다고 말하지 못하고, 산업재해 신청은 생각도 하지 못했다는 사실을 알게 되었다. 그런 분들을 도와야겠다고 생각해서 앞장서서 전문가로서의 견해를 밝혔다. 그러자 많은 분이 나의 연구를 후방에서 지원해주기 시작했다. 그들의 자발적인 도움으로 항공기에서 방사선 실측 자료가 많이 쌓였다.

과학자가 연구를 제대로 하기 위해서는 데이터가 필요하다. 데이터는 많으면 많을수록 좋다. 하지만 국제선 항공로에서 방사선을 실측하는 실험을 하려면 왕복 항공료가 필요했다. 항공료는 비싸다. 나의 연구비는 여러 번 국제선 항공로에서 실험하기에는 턱없이 부족했다. 그런데 조종사 분들이 자발적으로 관측기를 들고 다니면서 실측 실험을 대신해주고, 나에게 데이터를 넘겨주었다. 자발적으로 나선 분들은 회사에 혹시나 밉

보일 수 있다는 위험 부담을 감수하면서까지 내 연구를 도운 것이다. 작은 연구실 책상에서만 하던 나의 연구가 세계로 확장되었다. 나의 노력과 연구를 필요로 하는 사람들이 현실 세상에 많다는 각성은 곧 두려움 그 자체였다. 제대로 잘 해내야 할 텐데 하는 두려움, 도움이 되어야 할 텐데 그러지 못하면 어쩌나 하는 두려움. 내가 만든 위성을 우주로 쏘아올려서 과학 데이터가 지상으로 내려오면 그 데이터를 사용하는 사람들은 위성을 만드는 데 참여한 몇몇 연구자에게만 한정된다. 그러나 항공기 승무원의 방사선 피폭 연구는 차원이 다른 문제였다. 모든 생명이 문제의 중심이었으니까. 사회와 연결된 과학 연구가 필요하다고 느낀 순간이었다.

안전을 위해서는 양보가 없어야 한다. 최대한 꼼꼼하고 정확하게, 신뢰도 있는 분석을 진행해야 한다. 그리고 과학자는 양심을 걸고 사실에 근거한 정확한 정보를 일반인에게 제공해야 한다. 과학자는 시민 안전의 최후 보루가 되어야 하지 않을까.

비바 라 비다, 만국의 여성 과학자여 단결하라

배우 김혜수 씨는 남녀를 막론하고 누가 보더라도 정말 멋있다. 아름답고 멋진 사람이다. 그런 그가 본인을 보고 멋있다는 사람들에게 "저 그렇게 멋지게 살아오지 못했어요. 요렇게 끼여서 살아남았어요."라고 말했다는 이야기를 들었다. 고개가 절로 끄덕여졌다. 어떤 의미인지 충분히 이해하고도 남았으니까. 달라졌다고, 변했다고, 충분히 여성 친화적으로 바뀌었다고 세상은 말하지만 어디 그런가? 모든 기준과 규범이 건장한 보통 성인 남성으로 디자인된 세상에서 여성은 여전히 사회적 약자, 소수자에 속한다. 자신의 분야에서 둘째가라면 서러울 톱스타 김혜수 씨의 고백이 저 정도인데 그 밖의 여성들은 어떠할까?

사람들은 흔히 여성 과학자는 '전문직'인 만큼 차별이나 불평등에 덜 시달릴 것이라고 생각한다. 대개의 산업현장이나 일반적인 회사에 근무하는 여성에 비해서 말이다. 어느 정도 일리 있는 지적이기도 하다. 과학자 집단이 전문 지식 기반의 '지적으로 균등한' 사회이다 보니 소위 드라마 같은 데서 보는 어이없는 갑질이 발생할 일은 거의 없다. 그러나 아무리 뛰어난 업적을 자랑하는 과학자라고 해도 그가 여성으로 살아야 하는 '여성 과학자'인 이상 불평등은 남아 있다. 그뿐인가. 유리천장 역시 여전히 견고하다.

내가 많은 사람에게 강력히 추천하는 영화 중 하나는 〈히든 피겨스*Hidden Figures*〉*다. 2017년에 개봉한 미국 영화로, 1960년대 초 미항공우주국(NASA)에서 근무했던 아프리카계 미국인 여성 수학자들의 실화를 바

* 데오도르 멜피 감독, 〈히든 피겨스*Hidden Figures*〉, 2017.

탕으로 만든 것이다. 영화는 인종 차별과 성차별을 극복하고 미국 우주 프로그램에 중요한 기여를 한 캐서린 존슨, 메리 잭슨, 도로시 본의 이야기를 중심으로 전개된다. 워낙 감동적으로 본 영화인 데다가, 그들이 살았던 때로부터 육십 년이 지난 오늘날에도 여성이 당면한 여러 문제와 중첩되는 지점이 많은 영화여서 잠시 이야기해보고 싶다.

캐서린 존슨은 뛰어난 계산 능력을 가진 수학자로, 우주선의 궤도 계산에 필수적인 인물이다. 그는 인종 차별과 성차별에 맞서며 자신의 능력을 입증하고, 존 글렌 우주비행사의 성공적인 지구 궤도 비행 임무에 결정적인 역할을 한다. 메리 잭슨은 엔지니어가 되기를 꿈꾸는 유능한 여성으로, 당시의 법적 및 사회적 제약으로 인해 엔지니어로서의 교육을 받기 어려운 상황에 부닥친다. 결국 법정 싸움을 통해 흑인이 입학할 수 없는 백인 학교에서 수업할 권리를 얻어내고, 최종적으로 NASA에서 엔지니어로 일하게 된다. 또 다른 주인공 도로시 본은 팀의 리더 역할을 하고 있지만 공식적으로 승진하지는 못한다. IBM 메인프레임 컴퓨터의 도입으로 팀이 위험에 처하자 스스로 컴퓨터 프로그래밍을 배워 동료들에게도 가르칠 만큼 능력이 뛰어나고 리더십도 출중하다. 나중에는 이를 인정받아 부서의 감독으로 승진한다.

영화는 이 세 여성이 직면한 이중 차별을 조명했다. 그중 압권은 '화장실 씬'이다. 주인공은 흑인이라는 이유로 800미터나 떨어진 유색인종 전용 화장실을 써야 했다. 사무실에 유색인종 전용 화장실이 없기에, 화장실에 한번 가려면 왕복 1.6킬로미터를 다녀와야 하는 것이다. '화장실'은 이 영화에서 차별 그 자체를 보여준다. 아마 많은 관객이 이 장면에서 '웃픔'을 경험했을 것이다. 이들의 노력과 성취는 미국 우주 프로그램의 성공에 크게 기여했으며, 이후 세대의 여성과 소수 민족에게 영감을 주었다.

그리고 오늘날 대한민국의 연구소. 이곳은 과연 캐서린, 메리, 도로시가 경험했던 1960년대 미국의 NASA와 다를까? 그렇지 않다. 눈에 보이는 여러 조건은 분명 향상되었다. 교육의 기회처럼 비교할 수 없을 만큼 개선된 면도 있다. 그러나 여성들은 여전히 얽히고설킨,

그러나 눈에 보이지 않는, 레이저빔을 피해 '간신히 살아남아야' 한다. 여성이기에 짊어져야 하는 운명이라면, 참으로 가혹하다.

나는 연구소에서 오래 일하고 있다. 주니어 연구자일 때는 늘 선임 '남성 연구자'의 서브 역할을 하는 것이 당연시되었다. 주도적인 역할, 책임이 따르는 역할은 항상 나이 많은 남성 연구자의 몫이었다. 내가 기획하고, 열심히 뛰어서 따 온 과제도 그의 몫으로 돌아갔다. 큰 과제의 책임자가 되려면 우선 작은 과제의 책임자로 일한 기록이 쌓여야 한다. 여성이든 남성이든 작은 연구부터 책임지고 일하고 성취하는 경험이 쌓여야 더 큰 연구를 맡을 게 아닌가? 그런데 여성 연구자에게는 이런 기회가 거의 주어지지 않았다. 이 점부터가 너무나 큰 차별이었다. 실패든 성공이든 기회가 있어야 도전이라도 해볼 것이 아닌가.

여러 해 근무한 끝에 처음으로 연구 책임을 맡을 타이밍이 되었을 때다. 당시 나는 막 임신한 참이었다. 상황을 눈치챈 주변의 시니어 연구자들은 과제 책임자가 연구 중간에 출산으로 자리를 비운다는 이야기를 타 기관에 하기는 어렵다며, 과제 책임자를 애초에 나한테 맡길 수 없다고 했다. 정말 억울하고 분했다. 그러나 출산휴가 90일 동안 자리를 비워야 하는 것 또한 피할 수 없는 일이었기에 어쩔 수 없이 그 자리를 양보해야만 했다. 결국 그 프로젝트의 주도권은 나보다 나이 많은 중년 남성에게 넘어갔다. 그날 밤, 나는 잠이 오지 않아 밤새도록 천장을 보며 누워 있어야 했다.

다음에 내가 셋째를 임신했다고 했을 때는 다른 여성 연구원들로부터 “너무 무모한 거 아니야?”라는 말을 들었다. 미친 거 아니냐고 하는 사람도 있었다. 웃으면서 던진 말이었지만, 내게는 비수 같았다. 그러나 일일이 대응하지는 않았다. 이미 ‘내 코가 석 자’였기 때문이다. 연구소에서 아이를 키우면서 경력을 유지하며 일을 계속하기가 매우 힘든 까닭에 대부분의 여성 연구자는 아이가 아예 없거나, 있어도 한 명 정도였다. 그런데 내가 아이를 셋이나 낳겠다고 했으니 어쩌면 그들의 경험에 비추어 보았을 때 나는 너무도 무모해 보였을 것이다.

요즘은 어떨까? 연구소에는 여전히 여성 보직자가 한 명도 없다. '여성 연구자'의 비율도 14퍼센트 정도밖에 되지 않는다. 직위가 높아질수록 퍼센트는 더 낮아진다. 그나마 선임연구원의 비율이 그렇다는 뜻이고, 직급이 더 높은 책임연구원의 비중은 7퍼센트 정도밖에 되지 않는다. 공학 중심인 다른 연구소의 상황은 훨씬 더 심각하다. 여전히 여성은 이공계에서 소수자다. 남초 집단이다 보니 남성들은 과제를 할 때도 끼리끼리 모이고, "우리가 남이가?"를 외치며 앞에서 끌어주고 뒤에서 밀어준다. 여성들이 회사 내에서 모든 과정을 혼자 헤쳐가는 것과 정반대다. 그러니 자연스럽게 위로 올라갈수록 여성의 비율이 훨씬 적어지는 피라미드 구조를 이룰 수밖에 없다. 게다가 여성들은 중간에 육아와 출산 등으로 생기는 경력 단절을 경험해야 한다. 이는 여성 개인의 문제가 아니라 전반적인 인력 구조의 누수로 이어진다. 애초에 모수가 적은데, 최후까지 살아남는 이도 몇 안 되는 상황으로 이어지게 되는 것이다.

나는 아무것도 포기하고 싶지 않았다. 가정도 연구도 우주도. 내가 포기하면 여성이라서 포기하는 것이 된다. 여자들은 어려운 문제를 직면하는 것이 아니라 피하고 도망간다는 인식만 확고하게 만들어줄 뿐이다. 걸핏하면 "여성들은…" "여자들은…" 운운하는 이들에게 소재를 제공하고 싶지 않았다. 나는 모든 여성을 대표한다는 자세로 매 순간 일하고, 매 순간 나 자신과 싸워야 했다. 그리고 그 삶에 그럭저럭 순응하고 있었다. 별다른 방법이 없지 않은가. '피할 수 없으면 즐겨라.'라고 했던가. 즐길 수는 없었지만, 최소한 도망치고 싶지는 않았다.

종종 "존경하는 여성 과학자가 있느냐?"라는 질문을 받곤 한다. 순수한 질문일 때도 있지만 부정적인 의도가 느껴질 때도 많다. 당신이 아무리 노력한다 해도 이 바닥에는 그리 훌륭한 여성 과학자가 없지 않느냐, 라는 사실을 나 스스로 되짚게 할 심산으로 그런 질문을 하는 것이다. 나는 "당신은 여자 과학자 중에 아는 사람이 몇 명 있느냐?"라고 되묻는다. 그러면 상대는 "마리 퀴리" 같은 뻔한 대답을 하고는 어물쩍 넘어가버린다. 본심을 간파당했다는 것을 눈치챘기 때문일 터다. 대부분의 사람이 기억나는 여성 과학자가 있냐는 질문에 대답하지 못하듯이 나에게도 마찬가지다. 특별한 '여성' 과학자가 나를 이끌어주었다거나, 존경하는 롤 모델로 삼은 '여성' 과학자가 내게는 없었다. 남성 과학자에게는 존경하는 '남성' 과학자 롤 모델이 있냐는 질문을 하지 않는데, 유독 여성 과학자에게만 이런 질문을 하는 것 같다.

주목받지는 못했지만, 내 앞세대에도 소수지만 여성 과학자들이 있었다. 그들도 나처럼, 혹은 나보다 더 힘들게 당신들의 세상을 버텨나가셨을 것이라고 생각한다. 나는 당당하게 말할 수 있다.

"나의 현재는 내 앞에 있었던 선배 여성 과학자들 덕분이고, 내 뒤에는 이제 이 세계의 주역이 될 후배 여성 과학자들이 줄지어 대기하고 있다. 다만 현재 과학계가 그들이 우뚝 설 수 있는 환경을 허락해주지 않아서 당신이 보지 못할 뿐이다."

나는 언제나 내가 "여기서" "지금" "버티는 것"이 굉장히 중요한 문제라고 인식해왔다. 내가 없어지면 내 분야에 여성 과학자도 없다는 마음으로 인내하고 버텨왔다. 힘들게 올라온 자리를 쉽게 내놓는다면 미래를 꿈꾸는 여학생들에게 이공계에 가라고 당당하게 권유할 수 없지 않겠는가? 국가우주위원회, 한국과학창의재단이사, 정지궤도복합위성 추진위원회 위원, 제5차 과학기술기본계획 수립위원 등 많은 정부 위원회 활동을 해왔다. 여성인 내가 이 자리를 버텨내야 다음번에 이 자리에 다른 여성이 올 수 있다는 생각이었다. 그래서 나는 내게 맡겨지는 일은 시간이 허락하는 한, 거의 다 수락하여 최선을 다했다. 아무리 어려운 일이어도 여성이 훌륭하게 해냈다는 선례가 있어야 다음에도 여성 연구자를 찾을 게 아닌가.

처음 물리학과에 들어간 사람 중 다수가 낙오하고 소수만 살아남았는데, 끝까지 남은 여학생은 내가 유일했다. 남학생들은 서로 모여서 과제도 하고 시험 대비 공부도 하는데, 나는 여자 동기가 없어 혼자 견뎌야 했다. 왜 여자 물리 전공생이 적으냐 물어보면 주변 교수님과 선배들은 대답했다. 여자는 어려운 문제를 만나면 버티지 못한다고, 금방 포기한다고. 그러나 나는 그 말에 동의하지 않는다. 적어도 여자인 나는 포기하지 않았으며, 내 뒤에도 나와 같이 버티고 있는 많은 여자 후학이 있다는 걸 알기 때문이다. 여성이라서 포기하는 게 아니다. 사회가 여성들이 끝까지 도전하고 목적을 달성할 수 있도록 장려하고 독려하지 않기 때문이다. 남성의 실패는 '그럴 수 있는' 일이지만, 여성의 실패는 '여성이기 때문'이라는 잣대가 사라지지 않는 한, 사회 어떤 분야에서든 여성 구성원은 나처럼 힘들게 버텨내야 한다. 여성들도 서로 의지하고 함께할 수 있는 동지들을 찾아야 한다.

나는 한동안 후배들에게 여성 과학자로서 성공하려면 동료 남성 과학자보다 2~3배 더 성과를 내야 한다고 말하곤 했다. 비슷한 조건이면 남성 연구자를 더 선호하는 경향은 여전히 존재하고, 여성이 월등히 뛰어나지 않으면 뽑히기 어렵기 때문이다. 성공적으로 직장에 안착하고 싶으면 그들보다 더 열심히 일하고 시간을 투자해야 한다고 강조해왔다. 나 역시 그렇게 살아남았다고 강조하면서. 나는 내가 버티고 있는 데에 많은 의미를 부여하는 편이다. 한 명이라도 더 후배들 눈에 잘 보이는, 잘된 롤 모델이 있어야 한다고 여겼기 때문이다. 더 많은 여성 선배가 그들의 시야에 들어올 때 비로소 우리의 후배 여학생들이 "이 분야는 희망이 있어."라고 여기고 노력할 게 아닌가.

나는 요즘 콜드플레이의 〈비바 라 비다*Viva la Vida*〉를 들으며 출근한다. 아침에 늦잠을 자는 아이들을 깨워서 학교에 보내고 출근하려면 누구보다 힘차야만 하니까. 연구소에 도착하면 전사로 돌변하여 일한다. "여성 과학자? 어림없는 소리. 나는 과학자 황정아다!"라는 마음으로. 그리고 퇴근길, 나는 시장에 들러 장을 본다. 집에 오면 바로 빨래를 돌리고 저녁을 준비한다. 금세 저녁 여덟 시가 넘어버린다. 대개는 새벽 한두 시가 되어야 잠이 든다. 아침형인 나는 주말에도 일찍 일어나 각종 기관지와 소식지를 살피며 칼럼을 읽고 서류를 검토한다. 공부하라고 잔소리하지 않아도 옆에서 《독서평설》을 읽고, 《과학동아》를 읽고 있는 딸들이 기특하다. 어려서부터 인형 장난감보다는 공구 세트를 가까이하며 자란 딸들이 살아갈 세상을 위해서라도 나는 오늘도 당당하고, 건강하고, 보다 전문성을 탑재한 선배로 존재하고 싶다.

"아, 이 문제, 이거 황정아 박사님한테 가면 해결해주실 거야."

얼마나 멋진 일인가.

3부

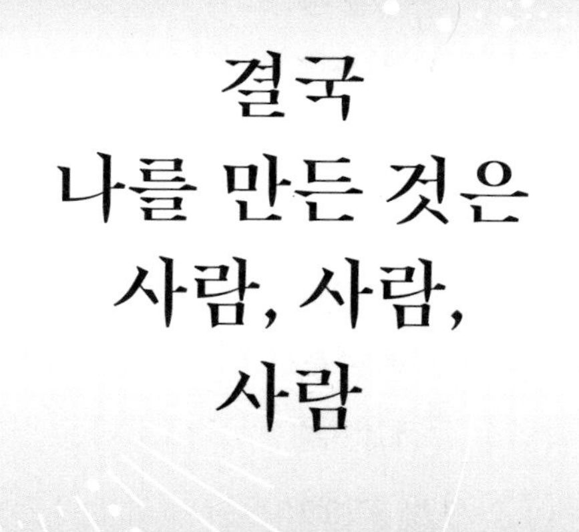

결국
나를 만든 것은
사람, 사람,
사람

당신이라는 소우주에게 바치는 마음

좋아하는 영화가 무엇이냐는 질문을 받으면 나는 항상 로버트 저메스키 감독의 〈콘택트*Contact*〉(1997)*를 꼽는다. 아름답고 영리한 배우 조디 포스터를 흠모한다는 점은 차치하더라도, 그가 분한 주인공 '앨리 애로웨이'에게 감정 이입할 수 있기 때문이다. 소녀는 어려서 어머니를 여의고 아버지 슬하에 자라며 밤마다 단파 방송에 귀를 기울였다. 그러다 보면 언젠가 모르는 누군가와 닿아 교신하게 될 수도 있다는 기대를 품고서. 밤하

* 로버트 저메키스 연출, 〈콘택트*Contact*〉, 1997.

늘의 별을 바라보며 어머니를 그리기도 했다. 아버지마저 떠나보낸 뒤 소녀는 과학도의 길에 들어서고, 천체물리학자가 된다. 스스로 찾아 헤매던 절대적인 진리를 과학이 발견해줄 거라고 굳게 믿으며. 과학에 천부적인 재능을 지녔고, 별을 바라보며 우주 저 너머를 그려온 소녀. 결국 소녀를 과학의 길로 이끈 것은 외로움과 공허함이었다.

칼 세이건의 소설*을 영화화한 〈콘택트〉의 주인공 조디 포스터가 연기한 앨리 애로웨이는 SETI(외계 지적 생명체 탐사 프로그램)를 주도했던 천문학자 질 타터(Jill Tarter)를 모델로 삼았다고 한다. 질 타터는 SETI 전용의 앨런 전파망원경 배열(Allen Telescope Array, ATA)의 확대와 운영에 어려움을 겪다가 운영이 중지되던 어려운 시기에 크라우드 펀딩을 했는데 이때 조디 포스터도 동참했다. 그녀는 펀딩에 사인을 하며 다음과 같은 말을 남겼다.

* 칼 세이건, 『콘택트*Contact*』, 1985.

"제가 SETI에 동참하게 된 이유는 엘리 애로웨이와 마찬가지로 ATA를 '잘 작동'하도록 해서 새로 발견된 외계행성 세계에서 외계 지적 생명체의 흔적을 찾는 임무로 돌려보내야 하기 때문입니다. 칼 세이건의 책/영화 〈콘택트〉에서는 먼 항성계에서 온 무선 신호가 인류의 우주적 고립을 끝내고 세상을 변화시킵니다. 앨런 전파망원경 배열은 공상 과학 소설을 과학적 사실로 되돌릴 수 있지만, 하늘을 적극적으로 탐색할 때만 가능합니다. 저는 이 ATA를 동면에서 깨우려는 노력을 지지합니다."*

참 멋지고 아름다운 배우, 닮고 싶은 배우다.

'저 우주에 정말 외계인이 살까?'라는 질문은 인류가 아주 오래전부터 궁금하게 생각해온 주제다. 이를 테마로 하여 많은 영화와 드라마, 소설 등이 창작되었

* Sarah Scoles, *Making Contact: Jill Tarter and the Search for Extraterrestrial Intelligence*, Pegasus Books.

다. 그래서일까, 내가 '우주를 연구하는 물리학자'라고 스스로를 소개하면 사람들은 조심스럽게 묻는다.

"박사님은 외계인이 있다고 믿으세요?"

나는 영화 〈콘택트〉 속 앨리 애로웨이의 말을 생각하며 대답한다.

"이 광활한 우주에 우리만 달랑 존재한다면, 그건 엄청난 공간의 낭비가 아닐까요?"라고 말이다. 잠시 공상에 빠져본다. 외계인은 분명 존재하는데 우리를 만나고 싶지 않아 눈에 띄지 않으려 피해 다니고 있을지도 모른다. 반대로 그들은 우리를 만나고 싶어 하고 모종의 신호까지도 보내고 있는데, 우리가 아직 과학기술이 부족해서 알아채지 못했을 뿐인지도. 엉뚱한 생각일지도 모르지만, 나 역시 '저 우주 너머에는 분명 누군가 있지 않을까?'라는 모호한 기대를 하고 있다.

그만큼 이 우주는 광대하다. 막연히 생각하기에도 그러하지만, 실제로 연구하다 보면 그 경이감은 이루 말할 수 없을 정도다. 그래서 종교를 갖게 되는 우주 과학자도 실제로 많다. 아무리 뛰어난 과학자라 해도 절대자의 존재를 빌리지 않고서는 도저히 이 우주의 존재를 설명할 수 없는 것이다. 아주 오랫동안 전 인류가 우주의 실체를 알아내려 애써왔지만, 현재 우리가 아는 것은 전체 우주의 5퍼센트 정도다(사실 그만큼이나 알아낼 수 있었다는 사실도 놀랍다). 내 연구 영역은 니어 어스(Near Earth), 즉 근지구 우주 공간이다. 우주라는 공간이 아무것도 없는 진공인 것 같지만 실제로는 그렇지 않다. 우주는 플라스마 상태의 입자들로 가득 찬 공간이다. 우주를 완전히 채우고 있는 플라스마의 물리적인 성질을 규명하려면 많은 연구가 필요하다. 나는 지구에서도 느낄 수 있는 우주환경의 변화를, 인공위성에서 직접 측정하는 관측기를 만드는 일을 주로 해왔다.

언젠가 우리는 저 먼 우주를 향해 나아가게 될 것이다. 그 전에 미리 그곳에 있을지 모르는 위험 요소를 탐사해둬야 하지 않겠는가? 결국 나 또한 우주의 아주 작은 부분을 붙잡고 지금까지 매달려온 것이다.

우주는 광활하고 지구라는 작은 무대에서 나라는 인간은 너무나도 작다. 그런 의미에서 우주를 연구하는 사람은 항상 겸허해야 한다. 이러한 마음가짐은 실제로도 큰 도움이 된다. 살아가면서 여러 가지 난관에 봉착하는 순간들이 있었다. 나는 그럴 때도 문제 상황으로부터 분리되어 마치 제삼자처럼 전체적인 상황을 넓은 시각에서 조망하는 관점을 가지게 되었다. 일명 '우주적인 관점'이랄까? 상황 안에 매여 있으면 내가 셰익스피어도 울고 갈 끔찍한 비극에 처해 있는 것만 같다. 도무지 빠져나올 길이 보이지 않는다. 그러나 크고 넓게 보면, 결국 별일 아니다 싶어진다. 짧든 길든 시간이 지나면 결국은 해결될 문제다. 내가 해결할 수 없고, 내가 제어할 수 없는 문제는 걱정할 필요가 없다. 걱정해서 해결될 일이 아니니까.

반면 내 눈앞에 있는 한 사람은 하나의 경이로운 소우주다. 이 넓은 우주 공간 속 하나의 점에서 만나게 된 우리의 인연, 여전히 근원을 명백히 설명할 수 없는 당신의 존재. 만나고 마주치는 모든 이들이 저마다 우주로서 우리에게 다가온다. 이 얼마나 소중하고 무한한 존재들인가. 그러므로 아끼고 존중하지 않을 수 없다. 나는 그들에 대하여 언제나 한결같은 신의(信義)를 지키는 사람이고 싶다.

지난 2023년 5월 25일 누리호 3차 발사체가 탑재된 위성인 도요샛 프로젝트에서 나는 '시스템 엔지니어'를 맡았다. 인공위성 개발은 기획부터 발사까지 십 년 이상이 소요되는 장기 프로젝트다. 당연히 그사이에는 수많은 변수가 발생한다. 가령 지난 코로나19 팬데믹이 그러했다. 갑자기 전염병이 돌고, 팬데믹 시기가 그렇게나 길어질 줄 아무도 예상하지 못했다. 병은 그 자체만으로도 연구에 큰 차질을 주었지만, 무엇보다 해외에서 들여와야 하는 부품을 수급하기가 하늘에 별 따기가 되었다. 겨우겨우 구할 수 있는 곳을 찾았다 해도 그야말로 '부르는 게 값'이 되었다. 시스템 엔지니어는 그 모든 변수와 위험 요소를 관리하고, 연구가 차질 없이 진행될 수 있도록 책임지는 사람이다.

내 단점을 꼽자면, 속마음이 곧바로 표가 난다는 점이다. 특히 가장 표정 관리가 안 될 때는 바로 시간 약속을 지키지 않을 때다. 짜증이 마구 솟구쳐 혼자서 속으로 투덜거리곤 했다.

'아니, 일정이 빠듯한데 본인이 약속을 어기면 다

른 사람들은 다 기다려야 하잖아. 다른 사람들은 한가해서 약속을 지켰냐고. 왜 남의 시간 중요한 줄을 모르지?'

혼자서 만들 수 있는 인공위성은 없다. 결국 모든 연구는 다른 사람들과의 협업이다. 특히 지난 도요샛 프로젝트 때는 수십 명이 함께 움직이는 연구 조직이 운영되었다. 여러 사람이 움직이는 조직에서 일정 지연은 불가피하다(사실 늘 일어나는 다반사다). 내 업무 중 가장 큰 비중을 차지했던 것도 일정 리스크 매니지먼트였다. 따져보면 특히 인적 사유로 인한 지연이 잦다. 집안에 일이 있어서, 과로하다 보니 건강이 안 좋아져서 등등…. 속이 타들어가는 듯하지만, 사람이 아프다는데 어쩌겠는가? 결국 사정을 잘 설명하며 이성을 설득하고 감성에 호소하는 나날이 이어졌다. 한 팀의 지연은 다른 팀의 업무 지연을 낳고, 필연적으로 전반적인 모든 일정이 지연된다. 그렇게 되면 일을 맡긴 측에서는 책임을 따져야 하는 일이 발생하기도 한다.

어쩌면 당연한 일이다. 사람이 하는 일이니까. 그리고 과학 또한 결국 사람을 이롭게 하기 위한 일이 아닌가. 그러니 절대 그 과정이 비인간적이어서는 안 된다.

대학 시절, 가장 친했던 친구가 스스로 목숨을 끊었다. 학업 부담이 컸던 까닭이다. 가까운 사람을 떠나보내는 경험은 처음이었다. 나는 큰 충격을 받았고, 잔뜩 겁에 질렸다. 남자친구(지금의 남편)가 함께해주지 않았다면, 나는 장례식장이 있는 병원 근처에도 가지 못했을 것이다.

친구의 죽음은 내가 지금까지 걸어온 길과 앞으로 걸어갈 길을 처음부터 다시 생각해보게 할 만큼 큰 충격으로 다가왔다. 내 공부하기에 바빠서 곁에 있는 친구를 위로하기는커녕 힘들다는 사실조차 알아주지 못했다. 내가 그렇게까지 공부에 매진해야 하는 이유가 무엇인가? 이대로 공부를 계속하는 것이 맞을까? 이 모든 게 너무나 비인간적이라는 생각이 들어 몇 달을 아무 일에도 집중하지 못하고 번민했다. 눈앞의 모든 일이 무의미해 보였다.

하지만 시간이 지나니 낫지 않을 것 같던 마음의 상처도 결국 아물어갔다. 나는 생각했다. 세상과 나는 절대 동떨어지지 않았다고. 그러니 시야를 넓혀야만 한다고. 무엇보다 타인에게 무리한 일을 바라서는 안 된다. 사람을 해쳐가면서까지 계속해야 하는 일은 아무것도 없다. 친구는 공부를 잘해서 카이스트에 왔지만, 동아리 활동에도 열심이었고 재주가 많았다. 관심사가 넓었기에 엉덩이로 씨름하며 한 가지 주제를 깊이 파고들어야 하는 연구자로서는 적합하지 않았을지도 모르지만, 계속 살아 있었다면 나보다 더 넓은 분야에서 활동적인 일을 많이 할 수 있었을지도 모른다. 그러니 어떤 일에서 만족할 만한 성과를 내지 못했다는 사실만으로 결코 당신의 삶 전체가 쓸모없다 단정지을 수는 없다.

천문연구원의 여성협의회장을 지내던 시절의 일이다. 다른 여성 동료 연구자에게 총무를 맡겼는데, 하루는 그가 면담을 하고 싶다며 나를 찾아와 펑펑 울었다. 여러 사람의 사정을 조율하여 일정을 정하는 일이 너무 힘들다고 했다. 그는 아마 자신을 믿고 역할을 맡겨준 내게도 미안한 마음이 커서 그토록 울었을 것이다. 그러나 나는 잘 듣고 마음을 담아서 대답했다. 그동안 많이 힘들었구나. 네가 그렇게나 힘들다면 그만두는 것이 좋겠다.

흔히 사람을 그릇에 비유하는 말이 있다. 그 비유를 따라 말하자면, 대접은 대접으로, 종지는 종지로 써야 한다. 종지를 대접으로 쓰려면 성에 차지 않고, 대접을 종지로 쓰려면 멋이 나지 않는다. 결국 모두가 불행해진다. 그러므로 리더나 관리자에게 중요한 자질은 사람의 그릇을 파악하고 그에 맞는 일을 맡기는 역량이다. 또 누군가의 수고를 당연히 여겨서는 안 된다. 당연한 일이 아니라 감사할 일이다.

나는 이 일을 잘하는 편이었기에 좋은 사람들과 함께할 수 있었던 것 같다. 인복이 좋다는 소리를 많이 듣고 스스로도 그렇게 생각하는 편인데, 정말 행운이 따른 까닭도 있지만 사람마다 맞는 일을 잘 배정해줄 수 있었기 때문에 누구를 만나든 행복했던 것 같다. 결국 인복은 말 그대로 어디서 굴러들어오기도 하지만, 스스로 만드는 것이기도 하다. 중요한 것은 사람을 유심히 살피고 이해하려 노력하는 자세다. 우주의 아주 작은 부분을 알아내기 위해 평생을 다 바치는 과학자의 마음처럼.

가족이라는 행성의 거리

나는 석사 졸업식에 가지 못했다. 바로 그날, 엄마가 뇌경색으로 쓰러지셨기 때문이다. 소식을 전해준 동생은 놀라지 말고 들으라고 했지만, 나는 너무 놀라서 울 수도 없었다. 엄마는 그날부터 돌아가시는 날까지 누운 자리에서 일어나시지 못했다.

엄마는 아빠가 배를 타고 나가 있는 동안 생계를 책임지는 일과 어린 우리 남매 키우는 일을 거의 혼자 도맡아 했다. 엄마가 쓰러진 것은 어쩌면 젊어서 너무 많은 일을 감당했기 때문인지도 모른다고 생각했다. 평생 일해도 끄떡없는 통뼈인 줄로만 알았던 엄마의 몸이 급격히 야위어갔다. 이제 엄마가 움직일 수 있는 것은 눈동자뿐이었다.

반면 아빠는 전형적인 '옛날 남자'였다. 밖에서 만나는 사람들이나 먼 친척들에게는 참 친절하게 잘하는데, 정작 가정을 따뜻하게 살피는 데는 전혀 소질이 없었다. 나는 어른이 된 뒤에도 그런 아빠가 내내 야속하고 원망스러웠다.

그런데 엄마가 쓰러진 뒤 무뚝뚝한 아빠가 말했다. 엄마는 내가 책임지고 보살필 테니, 너희는 일절 신경 쓰지 말고 너희 삶을 살라고. 정말로 아빠는 생업을 중단하고 24시간 엄마 곁에 붙어 있었다. 직접 미음을 쑤어 먹이고 대소변까지 받아내가며 보살폈다. 환자를 더 잘 돌보기 위해 요양사 자격증까지 딸 정도로 아빠는 지극정성이었다. 아빠는 한 번도 그렇게 말한 적이 없지만, 나는 젊었을 때의 기억이 내내 마음에 걸렸을지도 모르겠다고 생각했다. 엄마를 호강시켜주지 못하고 평생 생활고에 시달리게 한 것, 다정하게 대해주지 못한 것을 뒤늦게나마 갚아나가고 싶었던 걸지도 모른다.

하지만 젊은 사람도 감당하기 힘든 간병을 연로한

아빠가 혼자서 감당하기란 역부족이었을 것이다. 자신의 끼니를 챙기지 못하는 날이 많아졌을 것이고, 잠도 편히 주무시지 못했을 것이다. 결국 아빠 건강에도 적신호가 켜졌다. 나는 그때 '솔치'라는 것을 처음 알았다. 대상포진의 여파로 눈썹에 극심한 신경통이 남은 것이다. 의사는 최악의 경우 실명할 수도 있다고 말했다. 더 이상 아빠를 혼자 남겨둘 수 없다는 생각이 들었다. 마음먹기까지 쉽지 않았지만, 결국 말씀드렸다.

"여수 집 정리하고 대전으로 올라오세요. 저랑 같이 살아요."

당시 나는 박사를 졸업하고 천문연구원 포닥*을 막 시작한 참이었다. 서울에서 직장에 다니던 남편과는 주말 부부로 지내고 있었다. 포닥은 내 한몸 챙길 새도 없이 바쁜 시기이지만, 그럼에도 연로하신 부모님의 일은 내가 책임져야만 하는 문제라고 생각했다. 그런

* 박사 취득 연구자로 포스트닥터(postdoctor)를 일컫는다. 학위를 받은 후 대학이나 대학 부설 연구소 등에 소속되어 자신의 전공 분야와 관련한 주제를 연구하면서 고정급을 받는 계약직 연구원을 의미한다.

데 뜻밖에도 아빠가 내게 힘이 되었다. 엄마 병수발을 도맡으면서 내 아이들도 돌봐주신 것이다. 아빠는 말했다.

"너 학교 다닐 때 학비 한번 대주지 못했다마는, 네 아이들은 돌봐주마. 밥 굶지 않게 챙겨 먹이는 정도는 내가 할 수 있다."

어쩌면 아빠는 엄마뿐 아니라 나에게도 마음의 빚이 있었는지 모른다. 그렇게 나는 내 마음속에 있던 아빠에 대한 원망을 풀고 나름의 화해를 이루었다.

분주한 연구자의 일로 퇴근이 늦을 때도 잦았고, 며칠씩 출장을 떠나야 할 때도 있었다. 아빠가 우리 집에 계시고부터 아이들 걱정으로 심장이 오그라드는 것 같았던 조바심이 사라졌다. 아이들 곁에 아빠가 있다는 것을 알기에 한결 마음이 편했다. 아빠가 안 계실 동안에는 도대체 혼자서 어떻게 해냈는지 모르겠다.

환자가 있는 집의 분위기는 그날그날 환자의 컨디션, 움직임 하나에 천지 차이로 바뀐다. 환자를 돌보는 일은 24시간, 7일 내내 쉬는 날이 없다. 그러니 간병하는 사람의 몸과 마음마저 극한으로 내몬다. 엄마의 컨디션이 좋지 않은 날이면 집에는 하루종일 무거운 기운이 깔리곤 했다.

어느 날은 퇴근하고 집에 돌아와 보니, 현관에서부터 아빠와 아이들의 웃음소리가 들려왔다. 나는 엄마가 편찮으시다는 것도 잊고 잠시 함께 웃었다. 웃음과 함께 오래 묵은 마음의 상처도 그렇게 아물어가는 듯했다.

엄마는 오 년간 내 곁에 살다가 돌아가셨다. 아빠는 오래 우울증을 앓으며 힘들어하셨지만, 결국 이겨내셨다.

그후 아빠와 나는 여전히 원하면 언제든 바로 뵈러 갈 수 있는 가까운 곳에 살아가고 있다. 아빠는 친구분들을 사귀어 근처 산에도 다니고 운동도 다니고 간단한 소일거리도 하며 지내신다. 병수발로 오랜 시간 고생하셨으니, 이제는 자유롭고 즐겁게 당신의 삶을 사시기를 바랐는데, 최근 암이 재발했다는 청천벽력 같은 소식을 들었다. 몇 년 전 아빠는 간암 판정을 받았고,

간의 사분의 삼을 절제하는 대수술을 받았다. 나는 아빠를 잃게 될까 봐 하늘이 무너지는 것 같았지만, 아빠는 이겨내셨다. 이제 시작하는 항암 치료도 그저 꼭 이겨내시기를, 자식은 기도할 뿐이다.

어린 시절 나의 가장 친한 친구, 어느 날 갑자기 작은 내 세상에 나타난 사랑스러운 침입자. 내 유년기의 첫 기억에는 동생이 있다. 지금까지도 자랑하듯 말한다.

"야! 누나가 말이야. 네 똥기저귀까지 빨아가면서 너를 키웠잖니."

부산에 살던 때, 부모님이 집에 없으면 내가 동생을 돌봐야 했다. 나는 아마 고작 만 네 살 정도밖에 안 되었을 텐데도 전혀 그게 부당하다고 생각하지 않았다. 어깨너머로 엄마를 지켜보며 배운 대로 똑같이 따라 하기만 하면 되었다. 아기 돌보는 소꿉놀이를 하는 기분도 들었던 것 같다. 그러니 동생에 대한 내 깊은 애정은 그 정확한 기원이 어디인지 추적하기도 어려울 정도로 오래되었다.

동생은 어릴 때부터 온순하고 다정한 성격이었다. 동물도 좋아해서 아픈 동물들이 보이면 족족 집으로 데리고 오곤 했다. 고개를 못 가누고 눈도 제대로 못 뜨는 병아리를 두 손바닥 위에 올려놓고 조심스럽게 들여다보던 동생. 상처 난 고양이를 품에 안고 물을 떠먹이던 동생. 하지만 녀석들을 제대로 보살피는 것은 이내 엄마 몫이 되었고, 엄마는 무뚝뚝하게 말했다.

“얘들이 살겠다고 자꾸 네 동생 눈에 드나 보다.”

동생이 절대 저희를 그냥 지나칠 리 없다는 것을 알았으리라는 것이다.

동생은 심약한 성격에 이따금 동네 형이나 덩치 큰 동급생들에게 맞고 들어오기도 했다. 크게 다친 것은 아니었지만 속이 상했다. 찍 소리도 못하고 맞기만 했겠지. 내가 맞은 것도 아닌데, 그리 분할 수가 없었다. 그래서 대신 뛰쳐나가서 동네 아이들을 혼내주고는 했다. 나도 소심한 아이였지만 그래도 저보다 나이 많은 누나라고 아이들은 내가 무서워 잠잠해졌다.

동생은 제 진로를 찾기까지 제법 오랜 시간이 걸렸

다. 사법고시 준비를 오랫동안 했는데, 1차만 붙고 낙방하기를 반복했다. 결국 법원 행정고시로 방향을 틀었고, 지금은 법원사무관으로 일하고 있다. 나는 동생이 수험 생활을 하는 동안 마음 편히 공부할 수 있도록 최선을 다해 지원했다. 물론 연구자로 살면서 쉽지 않은 일이었다. 하지만 당장 내 몸 편하자고 동생을 모른 척하는 것은 상상할 수 없었다. 동생에게 '너에게도 보호해주는 가족이라는 울타리가 있다'는 사실을 느끼게 해주고 싶었다. 오래전 어린 나에게 절실했던 것이기도 하다.

아직도 내 눈에 동생은 어디서 얻어맞고 들어와 울던 어린아이일 뿐인데, 법원에서 당당하게 일하는 것을 보면 신기하고 대견스럽다. 더 많은 도움을 주지 못해 미안한 마음도 항상 있다. 그런데도 동생은 언제나 내게 말한다.

"누나 고마워. 다 누나 덕분이야. 나중에 내가 다 갚을게."

나라면 쑥스러워서 입 밖에 내지 못했을 말을 참

잘도 한다. 그래, 내 덕이 전혀 없다고는 못하겠다. 하지만 동생이 내게 돈을 갚기를 바라지는 않는다. 우리 사회의 한 성원으로서 자기 자리에서 열심히 일하여 공동선에 이바지하고 무엇보다 한 사람으로서 행복하게 살아준다면 그걸로 충분하다 싶다. 아프지 않고 건강해야 한다는 것은 당연한 얘기고.

함께 합격한 동기들에 비해 시작이 늦었기에 내외적으로 이런저런 부침이 많을 것이다. 그러나 동생은 꿋꿋이 제 길을 찾아 나아가고 있다.

큰 폭풍 속에서도 신의를 선물해주는 사람

'이상형'이라는 단어의 뜻을 이해하게 된 시점부터 나의 이상형은 한결같았다. '우리 아빠랑은 성격이 정반대인 사람.' 좀 더 구체적으로 말하자면 '다정한 사람'이었다. 남편을 대학 신입생 시절 처음 만났을 때부터 오늘에 이르기까지 한결같이 사랑하고 있는 것 또한 그가 나에게 한결같이 다정다감한 사람이기 때문이다.

결혼하기 전까지 연애만 칠 년을 했다. 그러는 동안 내게는 이런저런 사건 사고가 많았다. 특히 석사 졸업식 날 엄마가 쓰러지셨을 때, 당시 남자친구였던 남편이 대전부터 여수까지 네 시간을 운전하여 나와 함께 내려가주었다. 나는 가는 내내 너무 무서워서 차 안에서 한마디도 하지 못했다. 남편은 그러는 내 손을 묵묵히 잡아주며 동행했다. 그를 보고 있으면 '참 내면이 단단한 사람이구나.'라는 생각이 들었다. 곁에 있는 것만으로도 정서적인 안정감을 주는 사람. 내가 떨고 있을 때도 흔들리지 않으며 나를 지지해주고 연대해주는 사람. 언제나 다정한 유머로 상황이 그렇게까지 심각하지는 않다고, 헤쳐나갈 수 있다고 나를 안심시켜주는 사람. 나는 그의 굳건하면서도 부드러운 태도를 존경한다. 그는 황정아라는 사람의 정신적 지주라고 해도 과언이 아니다. 얼마 전 아버지가 간암 진단을 받으셨을 때도 그랬다. 남편은 처음 만났던 순간부터 지금까지 내내 한결같다. 한결같은 신의를 매일 나에게 선물해준다. 이런 사람이 내 곁에 있음이 얼마나 다행인지 모른다.

반면 나는 아내로서 완전 빵점이다. 결혼 전 처음 시부모님께 인사를 드리러 갔을 때가 지금도 생각난다. 나는 남편을 사랑하고 존경하는 것처럼 시부모님도 참 사랑하고 존경한다. 바로 그분들이 남편에게 훌륭한 인품을 물려주시고 지금처럼 멋지게 길러주셨기 때문이다. 그때도 나를 배려하는 마음에 내색하지는 않으셨으나, 그래도 아들의 짝으로 탐탁지 않게 생각하신다는 것을 느낄 수 있었다. 내가 내 일에 너무 바빠 보였기 때문이고, 앞으로도 그럴 것 같았기 때문이다. 살아간다는 것은 선택의 연속이자 포기의 연속이기도 하다. 실제로 나는 내 일을 도저히 포기할 수 없었고, 결국 가사와 살림을 제일 먼저 포기했다. 특히 아이들이 태어난 뒤에는 남편까지 뒷전으로 밀려났다.

아이들에게는 항상 부채감을 느낀다. 나는 다른 엄마들처럼 긴 시간을 내어 아이들과 함께 있어주지 못하는 것이 못내 미안했다. 다만 스스로 위안하는 말은, 세상에는 다양한 어머니 됨이 있을 수 있다는 것이다. 어떤 어머니는 자식과 오랜 시간 함께하는 것으로 사랑을 표현한다. 나는 더 나은 사회를 만드는 일에 이바지하여 우리 아이들에게 또 다른 자부심을 전해주고 싶다. 특히 내 딸들을 생각하면 더욱 그렇다. 나는 그 애들이 이다음에 결혼하여 아이를 낳더라도 자기 일을 포기하지 않아도 된다는 사실을 보여주는 산증인이 될 것이다. 주변으로부터 "여자가 살림하며 자식들 곁에 붙어 있지 않고 밖으로 나도는 경우가 어디 있나!"라는 몰상식한 말을 듣더라도 내 딸들은 할 말이 있을 것이다. "우리 엄마도 그랬는데요?"

여하튼 다시 남편 이야기로 돌아가자면, 나는 그와 함께하는 결혼 생활이 너무도 만족스럽다. 그러니 자연스럽게 내 남편은 어떨지 궁금해지는 것이다. 이렇게 자기 일에 바쁜 내가 왜 좋았는지, 왜 나랑 결혼했는지. 그런데 매번 물어봐도 정확하게 말해준 적이 한 번도 없었다. "돈 잘 벌 것 같아서." 같은 엉뚱한 소리나 하는데, 허구한 날 연구 예산에 쫓기고 돈 준다는 사람 있으면 그저 쩔쩔매는 과학자가 무슨 떼돈을 벌겠나? 그러니 당신, 이 글을 읽는다면 모쪼록 올바른 대답을 해주기 바란다.

여성 제자들이나 후배들을 멘토링할 때마다 항상 듣는 질문은 어떻게 경력이 단절되지 않고 계속해서 일을 할 수 있었냐는 것이다. 결혼과 임신, 출산, 육아를 안 했으면 안 했지 그 모든 걸 다 하고서는 도저히 일을

계속할 수 없을 것 같다며 내 비결을 좀 알려달라는데, 나는 솔직하게 말한다. 내 일을 존중하는 남편을 만났기 때문이라고. 한마디로 운이 좋았다는 것이다. 셋째를 임신했을 때, 남편에게 앞으로 주말부부 생활을 하면서는 도저히 다 감당하지 못할 것 같다고 말했다. 서울에서 직장을 다니던 남편은 그 말을 듣고 곧장 서울 생활을 정리하고 대전으로 내려와주었다. 결코 일반화할 수는 없음을 알지만, 이런 상황에서 아마 대부분은 선심 쓰듯 "그래? 그럼 네가 일을 그만둬. 내가 먹여 살릴게." 하지 않을까, 라는 생각을 떨칠 수가 없다. 남편은 이후 가사와 육아에서 많은 역할을 감당하며 정말 큰 힘이 되어주었다.

최근 페미니즘에 대한 남성들의 부정적인 여론이 높은데, 나는 그것 또한 결국 사람에 대한 존중 문제라고 생각한다. 내 남편이 대단한 페미니스트라서 자기 직장을 그만둬가며 나를 지원한 것은 아니다. 그저 내 일을 존중하고, 나라는 사람을 귀하게 여길 뿐이다. 최근 페미니즘을 둘러싼 적대 구도가 내 눈에는 "인간으로서 존중받고 싶다."라고 외치는 사람들과 "감히 그렇게 큰 걸 바라느냐."라고 하는 사람들 간의 대립으로 보인다. 결국 모든 사람이 각자 서로를 존중하며 예의를 지키면 될 일이 아닌가.

남편은 언제나 내가 하는 일을 물심양면으로 지지해준다. 내가 내 분야에서 이만큼의 성과를 낸 것은 팔할은 좀 심하고, 오 할 정도는 남편 덕이라고 말할 수 있다. 더불어민주당의 영입 인재 제의를 수락하게 된 배경에도 남편의 격려가 있었다. 남편은 나보다 현명하고 지혜로운 판단을 내릴 줄 아는 사람이고, 나는 언제나 그를 신뢰한다. 앞으로도 지금처럼 함께할 수 있다면 더 바랄 게 없을 것이다.

많은 일하는 여성이 일을 계속하기 위해 가용한 모든 인력을 동원한다. 대부분 다른 여성이다. 어머니, 시어머니, 이모, 여동생…. 우리 주변에는 늘 '잉여인력'이 되어버린 여성이 존재한다. 내 경우는 아버지와 남편의 도움을 받았지만, 나 역시 엄마가 건강하셨거나 자매가 있었다면 그들에게 먼저 부탁했을 것이다. 애초에 여성은 다른 여성의 희생을 밟고 올라가지 않으면 사회생활을 이어갈 수가 없는 구조다. 여성에게 죄책감을 안겨주는 이런 문제를 개선해야 한다고 생각한다. 저출생 위기를 논하기 앞서 국가가 돌봄을 책임지겠다는 자세가 필요하다. 일과 가정이 양립하고, 다양한 분야에서 '전문가 여성'이 선도적인 역할을 하게끔 하려면 돌봄에 대한 사회의 책임에 대한 인식이 확립되고 실제로 지원하는 시스템이 마련되어야 한다.

'아이가 셋이나 있는데 어떻게 꾸준히 성과를 내며 연구자로서의 삶을 이어갈 수 있었는가?'라는 질문을 정말 셀 수 없을 만큼 많이 받았다. 묻는 사람들은 아마도 나의 가족, 그중에서도 끊임없이 '엄마의 돌봄'을 필요로 하는 아이들이 내 커리어에 있어 저해 요소가 되었으리라 생각하는 듯하다. 그러나 그 반대다. 나는 오히려 가족이 있었기에 안정감을 느끼며 더 열심히 노력할 수 있었다. 그런 말들이 듣기 싫어 아이들을 두고 더 열심히 일하기도 했다. 나에게 있어 가족은 부양 의무 때문에 힘들게 하는 존재가 아니라, 나를 움직이게 하는 원동력이다. 언제나 나에게 가장 중요한 것은 가족이 '함께' 있다는 사실이었다.

어린 시절 온 가족이 뿔뿔이 흩어져 살았던 시간이 길었다. 이사 또한 잦았다. 그래서일까, 내 안에는 늘 안정감에 대한 갈구가 존재했다. 부산 영도구 청학동 달동네에 살던 어린 시절부터 이어져온 갈증이다. 마음 편히 쉬지 못하고 연구와 일에 매진하며 살았다. 하루하루를 쫓기듯 보내다 보면 삶이 공허하다 싶을 때도 있었다. 그러다가도 집에 와서 가족을 만나면 행복했다. 돌아갈 수 있는 집이 있다는 사실이, 내가 사랑하는 내 아이들과 남편이 함께한다는 사실이.

오늘도 나는 가족의 지지와 응원에 힘입어 앞으로 나아간다. 내가 '여성'이기에 어려운 점이 있었던 것 또한 사실이지만, 그보다는 누군가의 '딸'이자 '아내' '엄마'라는 정체성을 포기하지 않고 도전하여 성취하는 모습을 보여주고 싶다.

반짝반짝 별 셋

내게는 아이가 셋 있다. 그 애들은 '생물 다양성'이라는 개념을 눈앞에 생생히 보여주는 사례다. 내 배에서 나온 아이들인데 어쩜 세 아이가 모두 이렇게 다를까.

첫째 딸아이는 글쓰기를 좋아한다. 내가 봤을 때는 글도 잘 쓰고 말도 잘하는 것이 딱 언어 능력이 발달한 문과형 인간인데, 이공계 진학을 희망하며 골머리를 썩고 있다. 나를 닮은 모양이다. 《어린이 과학동아》 기사 글도 많이 쓰고, 남몰래 블로그도 운영하는 것 같다. 내가 아는 티를 내면 엄마가 볼까 봐 마음껏 제 생각을 펼치지 않을 수도 있다는 생각에 자세히 묻지는 않았다. 그래도 멋진 과학 저널리스트나 저술가가 될 수도 있지 않을까, 라는 기대를 혼자서만 품어본다. "무슨 직업을 선택하든 응원할게."라고 자주 말해주고 있다.

둘째 아들은 컴퓨터 코딩을 좋아한다. 아예 그쪽으로 타고난 이공계형 인재 같다. 코딩하는 시간 외에는 게임을 하고 유튜브를 즐겨 보는데, 내가 집에 있는 시간이 많지 않으니 일일이 시간 제약을 두기가 어렵다. 그래서 자유롭게 하고 싶은 것을 하게 두는 편이다. 수학도 좋아하는데, 둘째는 정말 어떤 일을 하게 될지 모르겠다. 자신만의 세상이 있는 것 같다.

예쁜 막내는 그림 그리기를 좋아한다. 담임 선생님께서는 아이가 그림을 잘 그린다며 예술학교 진학을 준비시켜보라고 권유하셨다. 웹툰도 좋아하고, 최근에는 애니메이션 캐릭터 '덕질'에 열심이다. 내가 모르는 세계라서 뭐라고 참견하기가 힘들다. 그래도 기특하다. 엄마의 부재에도 불구하고 혼자서 이것저것 잘 챙겨 밥도 먹고, 친구들과도 아주 사교성 좋게 잘 어울린다. 나는 내내 연구에 몰두하다 보니 예술 쪽에는 관심이 거의 없었는데 우리 부부의 유전자 어디에서 저런 재능이 튀어나온 것일까? 어쩌면 내게도 그림을 잘 그리는 유전자가 있었던 건 아닐까, '나한테서 발현하지 못한 재능이 아이한테서 발현되고 있는 걸까?'라는, 행복한 상상을 할 때가 있다.

연구소의 여자 박사들은 보통 늦게 결혼하기에 아이가 없거나, 있더라도 한 명뿐인 경우가 대부분이다. 애가 둘인 경우도 극히 드물다. 그만큼 아이 키우면서 경력을 유지하기가 힘들다는 뜻이다. 다른 직종도 마찬가지겠지만, 연구직은 한번 경력이 단절되면 다시 돌아오기가 매우 힘들다. 연구의 흐름을 놓치면 따라잡기가 사실상 불가능하기 때문이다. 그래서 나도 아이를 셋 낳으면서 육아휴직은 한 번도 사용한 적이 없다. 출산휴가는 썼지만(사무실에서 아이를 낳을 수는 없지 않은가!), 그 기간에도 매주 있는 정기 세미나에 온라인으로라도 꼭 참석하곤 했다. 남들이 들으면 악바리 같은 근성이라고, 대단하다고 생각할 수도 있다. 실제로 나는 '여자라서' 못한다는 이야기가 듣기 싫었다. 그래서 대학원생 시절에도 체력적으로 힘들고 완력이 딸리는 일도 어떻게든 꾸역꾸역 해냈다. 그렇지만 그다지 자랑스러운 일이라고는 생각하지 않는다. 여자가 자기 자리에 있기 위해서는 무리를 해가면서까지 스스로를 끊임없이 증명해야 한다는 것은 슬픈 일이다.

아이들이 아주 어릴 때는 남편과는 '주말 부부' 생활을, 아이들에 대해서는 '주말 엄마' 생활을 했다. 아이를 공립 어린이집에 맡길 수 있는 생후 18개월 무렵에는 퇴근 전까지 아이를 어린이집에 맡겼다가, 퇴근하며 데리고 와 돌봤다. 나는 밤낮없이 부지런해야 했다. 낮에는 연구소 일, 밤에는 집안일. 셋째 아이를 임신하면서부터는 남편과 살림을 합치고 힘도 합하여 아이들을 돌봤다. 내 몸이 세 개쯤 있었다면 좋았을 것이다. 물리적으로 도저히 불가능할 것 같은 상황에서도 머리를 이리 굴리고 저리 굴려가며 어떻게든 헤쳐왔다. 잠을 줄여야 했고, 취미는커녕 친구를 만날 짬도 없었다. 하지만 후회나 아쉬움은 없다. 나는 내게 가장 좋은 것을 선택했으니까.

그래도 아이들에게는 부족한 점이 많았을 것이다. 다른 엄마들처럼 시간을 오래 내어 같이 있어주지 못하는 것에 대해서는 항상 미안하다. 우리 아이들은 앞서도 말했듯 서로 다 다르지만, 한 가지 공통점이 있다. 성격이 독립적이라는 것이다. 의도하였다기보다는, 엄마가 바쁘다 보니 하나하나 지도하기가 힘들어서 어쩔 수 없이 그렇게 된 까닭이 더 크다. 아마 본인들도 엄마랑 부대끼며 살고 싶을 때가 많았겠지만, 나름대로 엄마를 존중하며 그렇게 적응했을 것이다. 내가 크게 신경써주지도 못했는데 아이들은 크게 말썽부리거나 엇나가지 않고 잘 자라주었다. 나는 그런 아이들을 믿고 대견해하며 무엇을 하든 지지하고 응원하는 편이다. (너무 풀어주는 게 아닐까 싶어서 가끔 닦달해볼 때도 있지만 그리 오래가지는 못한다.) 사람 간에는 신의가 중요하다. 부모와 자식 사이에도 마찬가지다.

나는 감히 아이들에게 바라는 것이 많지 않다. 무슨 일을 하든 독립적인 주체로서 사회에서 당당하게 구성원 역할을 감당할 수 있기를 바라고, 무엇보다 신체적·정신적으로 건강했으면 좋겠다. 공부는 내가 실컷 해보니 사는 데 반드시 결정적으로 중요한 요소 같지 않다. 그저 건강한 것이 최고다. 첫째가 어릴 때 많이 아팠다. 아픈 아이를 들쳐업고 24시간 진료하는 병원을 찾아 뛰어다니곤 했다. 그때의 애끓는 심정이 가슴에 아프게 새겨져 그저 아프지 않은 것만도 감사하다. 서로 의지하며 엄마의 빈자리를 채워가는 것도 고맙다. 아, 딱 한 가지만 더 바랄 수 있다면, 밤에 조금만 일찍 자고 아침에 조금만 일찍 일어나주면 좋겠다. 아침에 너희들 깨우는 데 너무 많은 시간이 들어간단다.

영입 인재 제안을 검토하며 아이들의 의견을 물었다. 공직자, 정치인의 자녀로 살아간다는 것은 고된 일임을 눈동냥 귀동냥하여 알고 있었기 때문이다. 부모가 공인이 되면 자녀들은 스스로 노력하여 얻어낸 성과조차 의심받고 매 순간 검증받아야 하는 위치에 놓인다. 둘째 아들은 아무 생각이 없었고 우리 막내딸은 엄마가 국회의원이 되면 멋있을 것 같다고 해맑게 말해주었지만, 큰딸에게는 유독 미안했다. 올해(2024년) 고3이라 대입을 준비해야 하는데, 내가 정치를 시작하게 되면 지금까지 그러잖아도 바빴던 엄마가 더욱 바빠질 것이 분명했기 때문이다.

그럼에도 우리 집 1호는 나를 응원해주며 크리스마스 날 아침, 선물이라며 내게 링크 하나를 보여주었다.

"엄마, 요새는 뭐든 하려면 나무위키부터 만들어야 해요."

많은 사람이 함께 편집하는 공유 백과사전 나무위키에 내 이름으로 된 페이지를 직접 밤새도록 만들어준 것이다. 나의 개인사 전반은 물론 내가 이뤄온 연구 성과들과 참여해온 프로젝트, 나의 언론 인터뷰 목록까지 쫙 정리해둔 것을 보니 정말 이루 말할 수 없는 감정이 들고 눈물이 났다. 어디서 이런 든든한 지원군을 얻을 수 있을까. 내가 정말 딸 하나는 잘 낳았지 싶다.

4부

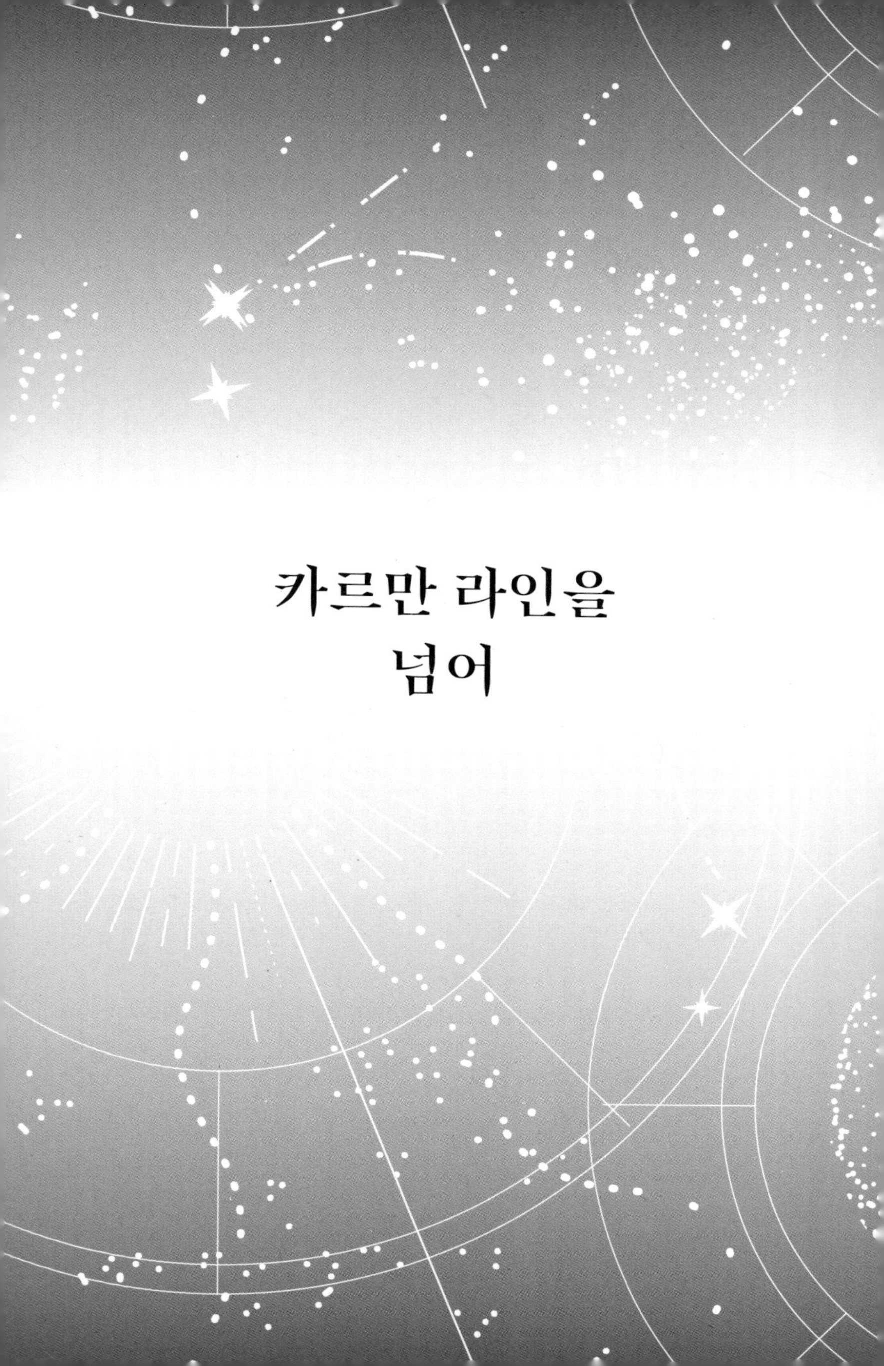
카르만 라인을
넘어

정치라는 우주에 진입하며

대기와 우주의 경계는 어디일까? 하늘로 쏘아올려진 로켓은 어디서부터 우주에 진입하였다 여겨질까? 그 경계는 생각 외로 분명하게 정해져 있다. 0에서 100킬로미터까지는 대기, 기상청의 관할을 받는 영역이다. 그 위부터 무한대까지의 영역은 우주의 영역이다. 대기와 우주를 가르는 이 100킬로미터 선을 '카르만 라인'*

* 카르만 선(Kármán line) 또는 폰 카르만 선(von Karman line). 항공공학 및 우주비행학 분야에서 활발히 활동한 헝가리계 미국인 엔지니어이자 물리학자인 테오도르 폰 카르만(Theodore von Kármán, 1881~1963)의 이름을 따서 명명되었다. 그는 1957년에 세계 최초로 고도의 경계를 유도하려고 시도한 사람이다.

이라 한다. 나는 이제까지 살아온 과학자로서의 삶에서 더 멀리 나아가 정치라는 무한한 우주의 영역으로 새로이 진입하고 있다. 그곳에서 내가 해야 할 일은 지금은 다 가늠할 수 없을 정도로 광활하고 무한하다. 어떤 일이 기다리고 있을지 모를 미지의 세계다.

지난해 늦가을 어느 날, 더불어민주당으로부터 연락을 받았다. 인재 영입 제의를 하고 싶다는 내용이었다. 그 전까지 내 인생 계획에 '정계 입문'이라는 선택지는 없었다. 나는 연구자였기에 정치는 생각지도 않았다. 여러 차례 연락을 해 오셨음에도 불구하고, 국외 및 국내 출장으로 바쁜 연말 일정을 핑계로 만남 자체를 계속 미루기만 했다. 그러다 영입 제의를 하고 싶다는 관계자 분들에게 정 그러시면 내가 살고 있는 곳까지 오시라고 배짱을 부리기도 했다. 그때까지도 나는 정치를 할 생각이 없었기 때문이다. '어차피 응하지 않을 제의를 듣기 위해 바쁜 일정 중에 서울까지 갈 이유는 없지 않나?'라는 당돌한 생각을 했던 것 같다. 그러나 감사하게도 정말 관계자 분들께서 직접 대전까지 내려와 나를 오랜 시간을 들여 진심으로 설득하셨다.

나는 임신하고 출산하기를 세 차례 반복하면서도 연구 경력이 단절되기를 원하지 않았다. 금요일까지 풀타임으로 일하고 그 주말에 출산하러 간 적도 있었고, 몸을 풀자마자 연구 현장으로 복귀했다. 명목상으로는 육아휴직을 사용할 수 있게 되어 있지만, 연구자가 현장을 1년 6개월씩이나 떠난다는 것은 사실상 은퇴 선언이나 다를 바가 없다. 과학기술이 빠르게 발전하며 급변하는 만큼, 나중에 다시 돌아왔을 때는 도저히 따라잡을 수 없게 되기 때문이다.

만약 국회의원이 된다면 내가 사랑하는 연구 현장을 떠나야 한다. 현실적으로 언제 복귀할 수 있을지조차 알 수 없다. 그래서 대전까지 찾아와 나를 붙들고 설득해주신 분들의 진심을 보았음에도 고민하지 않을 수 없었다. 고민의 시간은 처음 연락받은 이후로 무려 두 달가량이나 이어졌다.

많은 고민 끝에 내가 결국 결심하게 만든 것은 주

변의 동료들이 현 상황에서 너무 고통받고 있음을 매일 목도하고 있었기 때문이다. 과학자들의 목소리를 대변할 사람이 정계에 반드시 있어야겠다고 다들 말하고 있는데, 정말 중요한 역할을 할 수 있는 기회가 바로 나한테 주어진 것이었다. 그 역할을 내가 잘할 수 있을 것인지 걱정이 많이 되긴 했지만, 나를 아는 많은 사람이 내가 그 일을 잘할 수 있다고 추천했다고 한다. 그렇다면 그들은 나의 무엇을 보고 나를 추천했을까? 나에게서 내가 보지 못했던 다른 능력을 보았던 것일까?

하지만 이번 도전으로 인해 나의 과학자 경력은 어쩔 수 없이 중단되는 것이다. 그래도 정말 괜찮은가? 겁이 나기도 한다. 그럼에도 이 일은 분명 도전할 가치가 있는 일이었다.

설사 국회의원에 당선되지 않는다 해도 개인으로서 정치 성향을 밝힌 이상 연구 현장으로 다시 돌아가기가 쉽지는 않을 것이라 생각한다. 흔히 과학은 정치 중립적인 영역이라고 생각한다. 분명한 원리와 수치를 기반으로 하는 만큼 정치공학의 영향을 받지 않으리라 여기는 것이다. 그러나 현실에서 과학은 절대 그렇지 않다. 목숨줄 같은 연구비 예산권을 정부에서 틀어쥐고 있기에 정권이 바뀔 때마다 매번 그 눈치를 보지 않을 수 없다. 어떤 의미에서 우리나라 과학은 철저히 정치의 영역에 종속되어 있는 것이다. 과학자들은 현 정부의 정책에 반대하더라도 혹시 자기가 소속된 기관이 피해를 볼까 봐 입을 닫을 수밖에 없다. 정말 용기를 낸 것이 익명으로 겨우 공동 성명을 내는 정도다. 자기 검열이 심해서 좀처럼 정부를 비판하는 목소리를 내기 어렵다.

지금도 스스로 결의를 굳게 하고 내가 결심한 일에 책임감을 느끼기 위해 하루에도 여러 차례 마음을 다잡는다. 그러나 여전히 순간순간 가슴이 쿵쾅거리는 증상이 있다. 걱정과 불안이 그만큼 크다는 이야기다. 그리고 나는 여전히 과학자로서의 내 일을 사랑한다. 연구자 동료들과 현장에서 프로젝트들을 진행하며, 제자들을 기르고 함께 열정적으로 소통하며 연구를 진행하는 그 모든 순간 속에서 크나큰 행복감을 느낀다. 그러나 도저히 이해할 수 없는 현 정권의 과학기술계에 대한

폭압을 목도하고 나니 도저히 결단하지 않을 수가 없었다.

영입 제의를 수락하기로 결심한 뒤의 어느 밤, 나무위키의 '황정아(물리학자)' 문서를 찬찬히 훑어보았다. 딸아이가 정계에 진출하려는 나를 응원하기 위해 선물로 만들어준 페이지였다. 문서의 최하단에는 이제까지의 언론 인터뷰와 강연 목록을 확인할 수 있는 유튜브 영상 링크들도 연결되어 있다. 영상 속의 내가 말했다.

"한미 정상회담의 결과로 드디어 한미 미사일 지침이 해제되었습니다. 연구자들에게 족쇄와 같았던 수많은 제약이 사라진 것이죠. 이제 우리는 더 많은 것을 시도할 수 있습니다. 이 외에도 우리나라는 NASA의 유인 달 탐사 프로젝트 아르테미스를 위한 협정에 열 번째로 서명한 국가가 되었습니다. 바야흐로 뉴 스페이스(New Space) 시대가 열린 것이지요. 우리는 뉴 스페이스를 함께 탐사할 새로운 인재들을 기다리고 있습니다. 함께 우주를 여행할 준비를 합시다. 다양한 분야로의 진출이 열려 있고, 우주의 가능성은 무한합니다."*

지난 2021년, 대한민국의 문재인 정부와 조 바이든 미국 정부의 한미 정상회담으로 한미 미사일 지침이 42년 만에 완전히 해제되었다. 박정희 대통령 시절 이후 지금까지 우리 과학계의 미사일 개발을 제약하고 있던 사거리, 탄두 중량, 고체 연료 사용 등에 대한 제한이 모두 사라졌다. 우리는 공중과 해상에서 위성을 쏠 수 있는 발사체를 개발할 수 있게 되었으며, 앞으로 소형위성과 정찰위성 발사를 위한 국방 목적의 고체 발사체 활용이 늘어날 것이다. 자주독립 국가로서 너무나 당연한 자주국방의 권리를 되찾은 것은 물론, 과학계의 우주 탐사에 있어서도 굉장한 희소식이었다. 우리 연구자들에게도 좀 더 나은 미래를 꿈꿀 수 있었던 시절이 있었다. 후학들에게 미래가 열려 있으니, 연구자의 길

* 2021 여학생 공학주간 온라인 강연회(Girls' Engineering Talk) – 뉴스페이스 시대의 변화, 기회, 그리고 도전 (황정아 한국천문연구원 우주과학본부 책임연구원)(https://youtu.be/lYpXo2iyaQY?si=zdpdBdj5Bc04hj50)

로 들어서도 좋다고 당당히 권할 수 있었던 시절이 있었다. 우리나라의 뉴 스페이스 전망은 밝았고 언론에서도 너도나도 핑크빛 전망을 쏟아내던 시절이었다. 현장의 과학자들은 여전히 일이 많고 힘들었지만, 마음만은 뿌듯했다. 그러나 그런 희망적인 분위기는 그다지 오래 가지 못했다.

현 정부는 해방 이후 처음으로 과학기술 R&D 예산을 대폭 삭감했다. 무려 4조 6천억 원에 이르는 예산을 현장에 대한 고려나 연구자들의 의견 청취 없이 단번에 일괄 삭감해버리고는, 매년 0.7퍼센트 수준의 인상만을 계획하고 있다. 그러면서 연구자들 앞에서는 아무 걱정 없이 연구에 전념할 수 있도록 든든히 지원하겠다고 약속했다. 스스로 '과학 대통령'이라 기억되길 바란다고 말했다. 실로 기만이 아닐 수 없다. 그 정도 수준의 '든든한 지원'으로는 연구 과제 진행은 고사하고 계약직 박사후연구원, 학생 인건비조차 유지하기가 어렵다. 교수들은 눈물을 머금고 대학원 학생들에게 조기 졸업을 권함으로써 사랑하는 제자를 떠나보내야 한다. 계속 학생들을 붙들고 싶다면 학생들의 급여를 줄이는 수밖에는 방법이 없다.

연구자들은 이런 참담한 조치에 자괴감, 무력감에 시달리게 되었다. 도대체 우리가 무슨 잘못을 했길래 이런 처우를 당해야 하는가. 이번 정부는 누구의 이익을 위하여 이러한 결정을 하였는가? 적어도 우리나라 국민을 위한 일이 아니라는 것만은 분명하다. 대학원 학생들은 이제 학업을 중단하고, 의대를 준비하려고 한다. 고등학교 학생들은 안 그래도 이공계를 기피하고 의대를 지망하는 분위기였는데, 앞으로 의대 쏠림 현상이 더 심화될 것이 분명하다. 연구 현장에서 사람의 고리를 끊어버리면 이 영향을 되돌리는 데 얼마의 시간이 걸릴지 가늠할 수조차 없다. 과학자들이 현실을 회피하고 연구에만 몰두해온 결과가 이렇게 돌아온 것이다.

더는 쥐 죽은 듯 현장에, 작은 연구실 안에 웅크려만 있을 수는 없겠다고 생각했다. 이대로라면 현장에 머물더라도 결코 마음이 편하지 않을 것이다. '지렁이도 밟으면 꿈틀한다'라는 것을 보여주어야 할 때다. 지금은 내 연구를 이어가는 것보다 많은 과학자가 자신의 연구를 좀 더 잘할 수 있는 건강한 연구 환경 생태계를 만드는 것이 더 시급한 시점이라 판단했다.

우리는 정부를 맹신한 대가로 철퇴를 맞았다. '과학 연구의 중요성은 어린아이도 잘 아는 바이니, 정부가 알아서 잘 챙겨주겠지'라고 생각하며 현실 정치를 의도적으로 회피한 대가를 호되게 치르고 있다. 정치계가 과학을 경시하고 뒷전으로 밀어둔 까닭도 있지만, 과학계 또한 정치에 무관심했기 때문에 일어난 사태라는 쓰라린 자기반성을 하였다. 현재 정계에는 연구계의 목소리를 대변해줄 과학기술인이 없다. 국회가 입법기관인 까닭이 크겠으나 정치인은 대부분 율사(律士) 출신이다. 만약 힘 있는 과학자 정치인이 있어 전 국민적인 관심을 유도하고 지지를 모았다면, 상황을 바꿀 수 있었을지도 모른다. 어쩌면 한낱 오 년짜리 정부가 국가의 오십 년 뒤, 백 년 뒤의 미래까지 위협하는 일이 없도록 입법으로 원천 봉쇄할 수도 있었을 것이다.

여러 과학계 동료, 선후배들이 과학계의 목소리를 대변해줄 적임자로 나를 추천했다는 소식을 들었다. 나는 어쩌면 내내 이런 식으로 등 떠밀리며 살아온 것 같다. 나는 원래 소심한 성격인 만큼 이번에도 매우 조심스럽고 신중하게 이 일을 결정했다. 이번에도 '이 또한 누군가는 꼭 해야 하는 일인데 내가 안 하면 아무도 안 할 일인 것 같아서' 정치의 길로 들어서게 되었다. 그러나 등을 밀어준다는 것은 어떤 의미에서 곧 나를 믿어준다는 뜻이기도 하다. 그러니 그 믿음에 부응해야 하지 않겠는가? 과학기술은 그 어느 정부의 것도 아니다. 국가의 세금으로 지원받아서 연구하고 있는 수많은 과학자가 평생을 바쳐 일궈온 우리 국민 모두의 재산이다. 그 이타적인 사명 의식이 아이를 셋 낳고 키우며 몸을 축내가면서도 절대 포기하지 않으려 바득바득 매달렸던 평생의 커리어를 잠시 내려놓게 했다. 과학 현장을 너무나 사랑하는 내가 다른 꿈을 꾸게 했다.

우주산업의 진입 장벽은 매우 높다. 우주로 나가는 경험 그 자체가 너무나도 소중하기에 '스페이스 헤리티지(Space Heritage)'라고 칭할 정도다. 내 한 몸을 다 바치는 한이 있더라도 우리의 소중한 과학기술이 비가역적으로 퇴행하는 것만은 반드시 막아내겠다. 어쩌면 이미 늦었을지도 모르겠으나 언제나 아주 늦는 법이란 없다고 믿는다. 늦었다고 시작할 때가 가장 빠른 때라는 말도 있으니. 나를 믿어주고 지지해주는 마음들, 많은 선량한 마음, 그 선의들을 믿고 힘닿는 데까지, 어디 한번 가보겠다.

누가 과학자를 유죄 추정하는가

"그동안 누적된 비효율을 과감히 걷어내 효율화하고, 예산과 제도를 혁신해 이권 카르텔이 다시는 발붙이지 못하도록 하겠다."

- 이종호 과학기술정보통신부 장관 발언에서

지난 2023년 7월 윤석열 대통령이 나눠 먹기, 갈라먹기식 R&D 예산을 개편하겠다는, 이른바 'R&D 카르텔' 발언을 하였을 때, 나는 어안이 벙벙했다. 돈이나 실컷 내주고 그렇게 말했다면 억울함이라도 덜하지. 그게 아니면 내가 모르는 사이에 카르텔의 의미가 바뀐 것일까? '연구비가 없어 이리 쫓기고 저리 쫓김'이라는 뜻으로 말이다. 조금 더 지나자, 이 발언에 치가 떨릴 정도로 분했다. 바쁜 연구개발 일정에 쫓겨 여가나 자기 삶은 꿈도 꾸지 못하는 수많은 동료 연구자의 얼굴이 눈앞을 스쳐 지나간 것이다.

로켓을 만든다고 하면 사람들은 할리우드 영화에 나오는 멋진 실험실을 생각한다. 희고 푸르스름한 조명의 크고 높은 독채 연구소 건물. 최첨단 작업복을 갖춰 입은 수많은 연구원이 그 안에서 제각기 흩어져 최첨단 슈퍼컴퓨터를 들여다보거나 회로를 수리한다. 층마다 자리한 오퍼레이션 센터에서는 매 순간 분초를 다투는 중요한 의사결정이 이루어진다. 건물 내부 전면에는 집채만 한 상황 스크린이 있어, 총책임자가 수시로 나타나 지시를 내린다.

하지만 영화는 영화일 뿐, 현실은 아주 다르다. 아마 흔히 상상하는 것과 가장 가까운 환경의 공간을 들자면 지상국(미션 오퍼레이션 센터)일 텐데, 그곳이 필요한 때는 하루 딱 두 번뿐이다. 위성이 우리 머리 위를 지나 통신이 가능한 아침 일곱 시와 저녁 일곱 시. 상주할 필요 없이 하루 딱 두 번만 거기 있으면 된다. 이 외의 연구 공간은 일반 사무실과 비슷하다.

과학자들에게 주어지는 예산은 절대 넉넉하지 않다. 도요샛 프로젝트도 2017년부터 2021년까지 오 년 동안의 개발 기간에만 예산이 있었다. 보통 개발 상황은 지연되기 마련인데, 뒤로 늘어난 개발 기간에는 예산이 없다. 실제로 누리호가 도요샛을 품고 발사된 해는 2023년이다. 그렇다면 나머지 이 년 동안 연구자들은 예산 없이 어떻게 연구했을까? 이 년 정도 초과되었다면 다행이다. 오 년 치 예산을 받았는데 십 년이 걸리는 경우도 있다. 결국 과학자들은 예산이 정해준 것보다 더 먼 미래를 바라보며 십 원 한 푼이라도 아껴가며 연구를 진행한다. 필요한 부품을 빼버릴 수는 없으니 결국 주어진 선택지는 하나다. 주변의 다른 유사한 과제들을 진행하면서 겨우겨우 연구를 이어나가는 것이다.

지난해 50조 원이 넘는 세수 결손을 야기한 것은 두말할 필요 없이 윤석열 정부의 큰 실책이다. 그런데 이를 무마해보겠다고 각자의 자리에서 수고하는 이들을 음해하여 잠재적 범죄자 취급하는 것은 또 다른 차원의 문제다. R&D 카르텔 발언으로 크나큰 모멸감을 느꼈음에도 내 동료들은 묵묵히 자기 자리를 지켰다. 바빠서 끼니조차 제대로 챙기지 못하고 골골대면서. 그러다 보면 몸 상하는 일도 부지기수다. 심지어 나는 사랑하는 후배를 영영 잃어야 했던 적도 있다.

여러 해 전, 물리학과 우주과학 실험실에 석사 신입생이 들어왔다. 실험실에 들어온 순서대로는 나보다 몇 년 후배였지만, 나이는 나보다 한 살 위였다. 학부 졸업 이후에 과외를 하고 학원 강사로 일하며 돈을 벌다가 가슴이 뛰는 일을 찾아 뒤늦게 대학원에 진학했다고 했다. 붙임성이 좋고 착한 사람이었다. 배움에 대한 의지도 강했다. 내가 더 어렸음에도 항상 나를 선배로서 존중해주었다. 나 또한 그 모습을 통해 많은 것을 배웠다. 후배는 대학원 생활을 착실히 마친 뒤 박사후연구원이 되어 내가 있는 연구소에 들어왔다. 연구자의 생애에서 가장 열심히 노력해야 하는 시기를 꼽자면 바로 박사후연구원, 포닥 시절일 것이다. 성과를 내지 못하면 재계약할 수 없는 등 고용 불안정성이 높아 아주 혹독한 검증의 시기라 할 수 있다. 후배는 남편과 어린 아이와 헤어져 해외 근무를 하는 것도 주저하지 않았다. 그리고 얼마 후 위암 판정을 받았다. 나이가 젊어 전이 진행이 너무 빨랐다. 그 혹독한 포닥 시절도 씩씩하게 견뎌내던 후배는 결국 일 년을 채 버티지 못하고 세상을 떠났다. 나 또한 입사한 지 얼마 안 되었던지라 후배를 제대로 돌보지 못한 것이 마음에 아프게 맺혀 있다. 누군가는 스러지고, 누군가는 돌이킬 수 없이 상처받는다. 오늘 연구자들이 처한 현실이다. 후배를 그렇게 보내고 한동안 방황했다. 연구자로서 일을 계속하는 것이 무슨 의미가 있나 심각하게 고민하기도 했다. 내 곁에서 그렇게 병들고 있었는데도 알아채지 못했다니. 왜 선량한 사람들은 그렇게 빨리 하늘나라로 가는지 모르겠다.

윤석열 대통령의 발언이 있은 지 불과 두 달 만에 과학기술정보통신부는 '효율적이고 혁신적인' 새 예산안을 내놓았다. 그로 인해 정부출연연구기관에 있는 박

사후연구원들은 권고사직을 당할 지경에 이르렀다. 박사후연구원뿐만이 아니다. 연구비 부족으로 소속되어 있던 실험실이 문을 닫게 된다면 대학원생들은 낙동강 오리알이 되고 만다. 주어진 선택지는 대략 두 가지다. 휴학하고 다른 실험실을 알아보거나 아니면 과학자의 길을 포기하거나. 처지가 아주 비참해지고 마는 것이다. 과학에 열정을 가지고 있는 인재들이 '예산이 없다'는 이유로 뜻을 접어야 한다면 얼마나 부끄러운 일인가? 수십 년 전 나라의 형편이 어렵다는 이유로 똑똑한 젊은이들을 현실에 주저앉혀야 했던 슬픈 과거가 오늘 21세기 대한민국의 최첨단 과학 현장에서 재현되고 있다. 그나마 박사후연구원들은 이미 박사 학위를 받았으니 취업하거나 해외에 나가 연구를 계속할 수 있다. 그러나 국가적 차원에서는 결코 다행이라 할 수는 없다. 한번 떠난 젊은 과학자들이 다시 국내로 돌아오기란 요원하기 때문이다.

무엇보다 이 모든 아비규환이 향후의 진로를 탐색하는 청소년들에게 어떤 의미로 다가가겠는가 하는 말이다. 이공계를 선택하면 어떤 운명이 기다리고 있는지 정부가 제대로 보여주고 있는 셈이다.

'과학자가 되면 큰일난다. 인생이 망할 수도 있다.'

상상하기조차 싫고 두려운 일이다. 이대로라면 향후 대한민국에는 과학자가 한 명도 남지 않는 날이 올지도 모른다.

과학자들은 대체로 성품이 참 순하다. 풍족한 환경까지는 바라지도 않는다. 자신의 연구에 완전히 몰두해 있는 사람들이라 그저 하고 싶은 연구만 어떻게든 이어가게 해주면 더 이상 아무 소원도, 불만도 없다. 그런데 그런 사람들이 요즘은 두셋만 모여도 나라의 앞일을 걱정한다. 과학자들은 힘들어도 자기가 얼마나 힘든지 충분히 표현하지 못하는 사람들이다. 삼십 년 넘게 헌신과 열정으로 현장을 지탱해온 과학자들이 '무력감과 자괴감을 느낀다'라고 말할 정도면 이미 그 속은 새까맣게 타다 못해 다 썩어 문드러졌을 것이다.

해외 학회에 나가면 각국의 연구자들이 걱정스러운 얼굴로 묻는다.

"한국의 과학자들은 지금 괜찮은가요? 정부 차원에서 예산을 많이 삭감했다고 들었어요. 하던 연구를 계속 이어갈 수 있어야 할 텐데요."

그런 말을 들을 때마다 내 잘못이 아닌데도 너무 부끄러워 얼굴이 벌게지곤 했다.

지난 2023년 9월 미국 항공우주국(NASA)은 달로 가는 아르테미스 2호 여유 공간에 우리나라 큐브위성을 탑재해주겠다고 제안했다. 문재인 정부 당시 서명한 협정에 의한 것이었다. NASA가 추진 중인 '아르테미스 프로젝트'는 달 유인 탐사 계획이다. 달에 사람을 보내는 것은 아폴로 프로그램 이후 오십여 년 만에 처음으로, 다가오는 2024년 11월 우주인 네 명이 아르테미스 2호를 타고 달을 향해 떠날 계획이다. NASA는 그 아르테미스 2호 프로그램의 우주선에 있는 여유 공간에 각국의 큐브위성을 실어 함께 달로 보내는 프로젝트를 계획했다. 우리나라도 함께하자고, 참여하라는 제안을 받은 것이다. 해외여행을 갈 때 비행기를 공짜로 태워주겠다고 하는 것과 다름없는, 아주 좋은 제안이었다.

나는 가슴이 뛰었다. 지구에서 달까지 가는 동안의

우주방사선을 측정할 수 있는 기회가 주어졌다고 생각했다. 앞으로 우리는 달은 물론 심우주까지도 나아가게 될 것이다. 그렇다면 달까지 가는 동안, 그리고 달 궤도에서 인체가 방사선에 얼마나 피폭될지 측정하는 실험은 장차 우리의 안전을 위해서라도 반드시 수행해야 할 작업이다. 세계 최초로 큐브 위성을 통해 달의 고도별 우주방사선을 측정한다는 과학적 의의도 있었다. 납품 일자가 빠듯하긴 했지만, 충분히 해낼 수 있었다. 과학자들이 설레는 마음으로 작성한 연구 제안서에 대하여 정부 측이 돌려준 답변은 황당하고도 처참했다. '예산 부족'으로 거부했다는 것이다. 예산 마련을 위해 국회 상임위를 거칠 시간이 없었다고 했다. 과기정통부는 NASA의 제안에 응하여 큐브위성을 제작할 시 약 70억 원의 예산이 소요되리라고 책정했다. 지난 2023년 윤석열 정부의 해외 순방 비용은 약 578억 원이다.

프로젝트에 합류하여 데이터를 확보하면 향후 국제 협력 프로젝트에 참여할 때도 타국과 동등한 위치에 설 수 있다. 그런데 허무하게 불발되어 우리 연구원과 민간 기업은 중요한 경험을 쌓을 기회를 잃었다. 특히 민간 기업은 달로 가는 큐브위성의 부품 하나라도 공급할 수 있었다면 기업의 경쟁력을 보여주는 스페이스 헤리티지를 쌓을 수 있었을 것이다. 이 일이 언론에 보도되자 많은 사람이 큰 충격을 받았다. 우리나라가 그 정도의 예산이 없어서 달에 위성을 못 보낼 정도인가? 누군가는 퇴직금으로 50억 원을 받기도 하는 세상이다. 달에 우리 위성을 보내는 비용으로 70억 원이라면 결코 나쁜 조건이 아니다. 실제로 2022년 미국 스페이스X사의 팰컨9 로켓에 우리나라 달 탐사선 다누리를 실어 보냈을 때는 약 2,330억 원이 들었다. 무엇보다 대한민국이 세계에 70억 원이 없다고 말하는 나라가 되었다는 사실에 엄청난 국격 추락과 국민적 자존심의 손상을 느꼈다.

비판 여론이 고조되자 정부는 예산 때문이 아니라 위성 개발 시간이 촉박하여 참여할 수 없었던 것이라고 해명했지만, 도요샛 프로젝트를 진행한 나로서는 납득할 수 없었다. 큐브 위성 본체와 탑재체는 기한 내에 납품할 수 있도록 충분히 실현할 수 있는 계획을 세웠기 때문이다. 이미 만들어둔 우주방사선 탑재체도 있었기 때문에 정부가 의지만 있었다면 못 할 일도 아니었다. 기한 내에 NASA에서 요구한 큐브위성을 충분히 만들어 낼 수 있었다는 뜻이다.

그렇다면 우리는 무엇 때문에 거인의 어깨에 올라탈 기회를 잃었나? 어째서 거의 거저나 다름없는 비용으로 선진 기술을 경험하고 습득할 수 있는 제안을 날려버린 것인가? 예산을 만드는 일정이 사전에 결정되어 있어서 중간에 급하게 예산을 편성하기 힘들어서 그랬다는 정부의 해명은 일부 납득할 만하다. 정부가 출자해서 만든 국가연구소인 출연연구소가 사용할 수 있는 예산의 경직성은 이미 많은 사람이 지적해온 바다. 출연연은 법적으로 특수 법인임에도 2008년 이후 공공기관으로 지정되었다. 예산 또한 〈공공기관의 운영에 관한 법률〉에 따라 전년도 상반기에 일괄 결정된다. 그러나 2022년 상반기에 2023년 9월 NASA로부터 이처럼 좋은 제안을 받게 될 줄을 어떻게 알겠는가? 우리는 과학자이지 예언자가 아니다. 과학기술이 시시각각 급변하는데, R&D 예산이 그에 비견하게 유연히 적용되지 않는다면 과학자들의 발목을 잡을 뿐이다. 현재로서는 과학자가 지금 이 순간, 즉 2024년 상반기에 좋은 발상을 떠올리더라도 그 발상을 연구로 구체화할 수 있는 예산을 받기 위해 최소 한 해 이상을 기다려야 한다.

또한 예산이 철저히 성과 지향적으로 편성되는 까닭에 과학자들은 성과 압박에 시달린다. 성과를 내지 않는다면 이다음 해에도 지금 같은 예산을 보전받을 거라고 장담할 수 없다. 결국 충분히 수행할 수 있는 일상적인 목표만 달성하며 보수적으로 운영하게 되는 것이다. 과학 연구 기관이 '목표를 100퍼센트 달성했다'고 하면 사람들은 손뼉을 친다. 그런데 그 말 뒤에 숨겨진 맹점이 있다는 사실을 알고 있는가? 한번 진지하게 생각해보시라. 과학은 불가능에 도전하는 영역이다. 그런데 어떻게 100퍼센트 달성이라는 것이 가능하겠는가 말이다. 그 이면에 PBS(Project Based System) 시스템이 있다. PBS 시스템은 연구자가 자신의 인건비를 자신이 수주한 프로젝트 안에서 감당해야 하는 시스템이다. 연구자들이 이제나저제나 과제를 하나라도 따내기 위해 동분서주할 수밖에 없는 이유가 여기에 있다. 나는 이러한 PBS 문제가 개선되어야 한다고 늘 주장해왔다.

그러나 이조차 배부른 소리일지 모른다. 출연연 중에서도 순수과학에 해당하는 연구를 주로 하는 한국천문연구원은 정부에서 오는 지원금이 90퍼센트를 차지한다. 나머지 10퍼센트만 외부 사업을 따내면 되는 것이다. 그러나 출연연 중 응용만 주로 하는 연구소의 경우, 정부 지원금이 10퍼센트밖에 되지 않는다. 나머지 90퍼센트는 알아서 외부 수탁 과제를 수주해서 벌충해야 사람과 조직을 유지할 수 있다. 그러다 보니 하루살이처럼 허덕이며 단기간에 성과를 내서 계속해서 과제를 따낼 수 있는 일만 찾아 헤맨다. 창의적이고 거시적이고 장기적인 연구 주제란 배부른 소리다.

정부가 과학기술 분야에 좀 더 신경써준다면 상황은 훨씬 개선될 것이다. 이제까지 우리나라의 예산 계획에서는 항상 경제개발이 우선순위였다. 과학기술 분야는 언제든 뒤로 밀려날 수 있는 후순위였다.

'인류를 위하여 새로운 발견을 하고 인류의 지식을 넓혀나간다.'

NASA의 비전이다. 다음으로는 유럽우주국(ESA)의 비전을 보자.

'모든 이를 위하여 우주를 탐사하고, 안전하고 지속 가능한 환경을 위하여 인공위성과 유인 우주선을 보내는 것은 21세기 선진국들의 중요한 책무 중 하나다.'

와중에 한국항공우주연구원의 설립 목적은 다음과 같다.

'항공우주 과학기술 영역의 새로운 탐구, 기술 선도, 개발 및 보급을 통하여 국민 경제의 건전한 발전과 국민 생활의 향상에 기여한다.'

우리나라는 우주 탐사조차도 기술, 개발, 경제발전에 이바지할 때만 가치가 있다 여겨지는 것이다. 새로운 발견과 지식 그 자체의 의의를 국가적 차원에서 인정해줄 때 비로소 과학기술이 진정한 미래의 먹거리 산업으로 자리매김할 수 있을 것이다.

윤석열 정부는 부산 엑스포 유치를 추진할 당시 예정되어 있던 해외 순방비 249억 원에 추가로 예비비 329억 원을 긴급 편성해가며 공을 들였다. 이번에도 큐브위성 제작을 위해 70억 원 예산을 긴급 편성해주었다면 얼마나 좋았을까?

미래를 만들어간다는 사명감을 지닌 과학자로서, 언제나 내 다음 세대는 나보다 나은 삶을 살기를 바라왔다. 그 마음으로 닫힌 문을 두드리고 비좁은 길을 온몸으로 뚫어가며 나아왔다. 나는 과학은 기본적으로 사람을 이롭게 하는 일이어야만 한다는 신념을 가지고 있다. 학부 시절 친구의 죽음이, 황망히 가버린 좋아하던 후배가 가르쳐준 교훈이다. 과학은 사람이, 사람을 위해 하는 일이므로 효율만을 중시해서는 안 된다. 그런데 정작 과학자 본인은 과로에 시달린다는 것이 아이러니하다. 예산이 대거 삭감되었으니, 앞으로 동료 과학자들의 삶의 질은 얼마나 형편없이 떨어질까? 눈앞이 깜깜하다.

과학자에게 저녁 있는 삶이란 영 요원한 것일까? 절대 그렇지 않다. 해외 사례를 자주 접하였고, 또 내 눈으로 직접 보았기 때문이다. 해외 연구계에서는 가령

한 파트를 네 사람이 담당한다. 내가 몸이 안 좋거나, 아이를 가졌거나, 혹은 그저 단순히 좀 쉬고 싶다 해도 나를 대신해줄 사람이 셋이나 있다. 그러나 우리나라에서는 한 사람이 네 명분의 업무를 담당한다. 만약 내가 빠지면 네 명분의 구멍이 생기는 것이다. 그러므로 R&D 예산을 국가 재정의 일정 비율 이상으로 보장해야 한다. 과학자들이 인간다운 삶을 살고, 과감히 실패해볼 수 있도록 안정적인 지원을 해주어야 한다. 그 일이 결과적으로는 국가 전체에 이로운 일이 될 것이다.

또한 작금의 예산 구도의 경직성을 해소해야 한다. 2024년 1월 31일, 출연연은 〈공공기관 운영에 관한 법률〉에서 해제되었다. 공공기관으로서 일률적인 인건비, 정원 규제가 이루어졌던 족쇄가 해제된 것이다. 2008년 공공기관으로 지정되고 16년 만이다. 해제 이후 근본적인 개선 사항이 어떻게 결정되는지가 중요하다. 연구기관이 각자의 특성에 맞게 자율적으로 예산 계획을 세우고, 사람을 채용할 수 있도록 자유도를 주어야 한다. 모든 출연연이 일괄적으로 계획을 세워 승인받고 계획에 맞게 운영된다고 하면 일견 깔끔하고 일을 잘하는 것처럼 보이지만, 사실 탁상공론에 지나지 않는다. 관리를 용이하게 하기 위한 시스템일 뿐이다. 과학자들이 자유로운 분위기에서 연구하며 창의적이고 도전적인 성과를 얻어낼 수 있게 지원해주어야 한다. 이후의 과학자들은 정권의 눈치를 보지 않도록 예산의 독립성과 자율성이 보장되었으면 좋겠다. 물론 예산을 어떻게 사용했는지에 대한 공정한 평가 시스템도 동반되어야 한다. 지금까지 언급한 이 모든 것은 장차 내가 하고 싶은 일이기도 하다.

주먹구구식으로는 절대 멀리 갈 수 없다

현업에 있을 당시, 정부 기관 등에 연구 계획을 제출할 때마다 항상 돌아오던 답변이 있다.

'박사님, 목표를 좀 더 도전적으로 세워보시지요.'

여기서 '도전적'이라 함은 무슨 뜻일까? 목표 논문 숫자를 높이라는 뜻이다. 가령 논문을 1편 제출하겠다고 계획했다면, 2편 이상 쓰기로 하자고 압박하는 것이다. 그동안 '우주를 향해 무한도전' 따위의 과학계의 '도전'을 강조하는 슬로건을 접해온 사람들이라면, 이 일화를 듣고 좀 묘한 기분이 들지도 모르겠다.

어려운 가운데서도 우리 과학계는 눈부신 성과를 이뤄왔다. 인공위성 20여 기를 자력으로 개발하여 발사했고, 독자적인 기술로 만든 발사체를 개발하고 있다. 2023년에는 마침내 우리 기술로 만든 한국형 발사체 누리호 프로젝트를 성공시켰다. 그동안 우리나라의 우주개발은 철저히 기술 검증 위주였다. 우주로 나가기 위해 필요한 핵심 기술조차 확보하지 못했던 시절이기 때문이다. 그 이상의 과학을 바라는 것은 언감생심이었다. 우리나라 우주개발의 로드맵은 제3차 우주개발진흥 기본계획을 따른다. 여기에는 우주 탐사도 명시되어 있지만, 우주발사체 기술 확보와 인공위성 활용 서비스에 비하면 우선순위가 한참 밀린다. 그나마 소형 과학위성이 근근이 우주과학 탐사를 소소하게나마 이어갔기에 과학 임무의 명맥이 아주 끊어지지는 않을 수 있었다.

그러나 이제는 기존에 만들던 위성을 반복해서 만들고 있을 수만은 없다. 전 세계가 뉴 스페이스 시대를 맞아서 경쟁적으로 우주산업에 뛰어들고 있다. 미국은 아르테미스 프로젝트를 통해 다시 한번 달에 사람을 보내려 하고 있고, 중국, 일본, 캐나다, UAE 등 전 세계가 화성을 포함한 심우주 탐사에 집중하고 있다. 대한민국은 이제까지 우주산업에서 후발주자였으나, 정부의 지원이 충분히 주어지고 장기 계획을 전략적으로 세워 착수해 나간다면 얼마든지 더 높이 도약할 수 있다.

이에 한국항공우주연구원, 한국천문연구원, 카이스트 세 개 기관이 심우주 탐사연합회를 구성하여 정기적으로 논의를 진행하는 노력을 하기도 했다. 그 콜로퀴움에서 우리별1호를 지구로 귀환시키는 임무와 지구 자기권과 지구 방사선대 탐사, 소행성 탐사, 라그랑주 L4 지점에 위성을 보내서 태양에서 나오는 우주방사선을 연구하는 등 획기적인 우주 탐사 임무가 제안되었다. 이를 보다 구체화하기 위해 과학자와 공학자들이 머리를 맞대고 고심하고 있다. 과학자들은 목적(임무)을 제시하고, 공학자들은 수단(기술)을 제시한다. 기술이 없는 임무는 허무한 공상이 될 뿐이고, 기술이 충분하다 해도 과학적인 임무가 제대로 정의되지 않는다면 도전할 가치가 없어진다. 이에 과학자와 공학자는 소통을 통해서 우주개발에 대한 비전을 마련하고, 달성할 수 있는 균형 잡힌 목표를 갖추어야 한다.

이제까지 우리나라에서는 수단이 목적이 되어왔다. 물리학자는 '왜?'를 찾는 사람이다. '왜 인공위성을 우주로 보내야 하는가?' '왜 달에 가야 하는가?' '왜 우리가 심우주 탐사에 나서야 하는가?' 등등. 우주 탐사의 목적과 의미를 분명히 하는 일, 우리가 우주로 나가야만 하는 이유를 발견하고 우주에서 무엇을 보고 올지 결정하는 일이 우주 물리학자로서는 가장 즐겁고 의미 있는 작업이다. NASA 또한 기획 단계에서부터 과학자들의 의견을 통합하여 우주 탐사의 목표를 정한다. 그런데 우리나라는 한마디로 '일단 시작하고 생각해보자'라는 식이다. 그렇게 하여 성과를 낼 수도 있겠지만 결코 충분하지 않을뿐더러, 애초에 과학은 그런 방식으로 접근해서는 안 되는 영역이다.

우주산업에는 그야말로 '천문학적인' 비용과 오랜 시간이 투입된다. 그렇다면 이렇게 중요한 일을 주먹구구식으로 처리할 수밖에 없는 이유는 무엇일까? 구조적인 한계 때문이다. 우리나라는 오 년 주기로 정권이 바뀔 때마다 우주정책의 방향성도 바람에 나부끼는 갈대처럼 이리저리 흔들렸다. 장기적이고 일관된 우주 탐사 계획이란 뜬구름 잡는 소리와도 같았다.

당장 달 탐사 계획부터 정치적 목적에 따라 요동쳤다. 2007년에 노무현 정부가 처음으로 달 궤도선 2020년, 착륙선 2025년 발사 계획을 발표했으나, 2013년 박근혜 정부가 이를 2018년, 2020년으로 앞당겼다. 공약에 맞춘다는 것이었다. 공약 이행은 물론 중요한 일이지만, 현장 과학자들로서는 무리한 일이라 하지 않을 수 없었다. 2017년 문재인 정부는 다시 달 궤도선 발사를 2020년, 착륙선 발사를 2030년으로 늦췄다가, 결국 달 궤도선은 2022년 8월에 발사하는 것으로 재수정했다. 그러는 동안 임무의 핵심 요소인 달 궤도선은 그 무게와 궤도에 있어 변경을 거듭했다. 달 궤도선의 중량은 사 년 동안 계속 증가하며, 550킬로그램에서 610킬로그램, 664킬로그램, 678킬로그램으로 바뀌었다. 단순히 무게가 좀 무거워졌구나, 하고 넘어갈 수 있는 일이 아니다. 무게가 증가하면 궤도도 수정해야 한다. 가장 큰 문제는 이로 인해 달 궤도선을 함께 개발하는 NASA와 불협화음이 생길 수 있다는 것이다. 협업하면서 계획을 계속 번복하면 상대는 피곤해지고 상호 신뢰

형성을 저해한다는 것은 상식이다. 향후 우주 탐사의 국제 협력을 위해서도 국가 간 신의를 절대 저버려서는 안 될 것이다.

결국 정부의 정책 지원과 정치 지도자의 관심이 필요하다. 그보다 중요한 것은 종합적이고 전술적인 국방과 과학, 산업 목적의 우주 활용을 종합적으로 아우를 수 있는 통합적인 국가우주전략이다. 우주 분야의 국제 협력을 위해서 과기정통부, 외교부, 국방부 등의 우주 부문 투자 전략을 조율할 수 있는 거버넌스가 필요하다. 국토부, 해수부, 기상청 등 우주 활용 부처들과 과기부, 산업부, 국방부 등의 기술 개발 부처들이 함께 모여 종합적인 국가우주전략을 장기적인 관점으로 만들어야 한다.

무엇보다 거시적 우주정책을 총괄할 대통령 혹은 총리실 직속의 우주기구 출범이 필요하다. 과기정통부, 국정원, 국방부 등 정부 부처 간 우주에 대한 주도권 갈등을 해소하기 위해서다. 이는 우주과학계의 오래된 소원이기도 하다. 윤석열 대통령은 2022년 11월 미래 우주 경제 로드맵을 발표하고 우주항공청(KASA) 설립추진단을 설치함으로써 본격적으로 우주항공청 출범 준비를 시작했다. 그리하여 2024년 5월까지 개청하겠다는 우주항공청의 향방은, 그러나 여전히 오리무중이다. 사람을 삼백 명 뽑겠다는데 전부 비정규직을 제안하며, 그마저도 언제든 직을 면할 수 있다는 면직 조항까지 두었다. 이런 조건이면 도대체 어떤 유능한 과학자가 우주항공청에 지원하겠는가?

작금의 문제는 과학을 이해하지 못하는 사람들이 과학 연구에 대한 가장 중요한 결정권을 쥐고 있다는 모순에서 온다. 지금까지 우리나라 과기부 장관은 전부 대학교수 출신으로, 연구원 출신은 없었다. 그러니 연구 현장을 이해하는 데 한계가 있을 수밖에 없다. 내가 정치계가 과학계를 이해할 수 있도록 돕는 가교 역할을 할 수 있기를 바란다. 또한 우리나라 우주 분야가 한 단계 도약할 수 있는 계기가 될 우주항공청은 제발 제대로 자리잡을 수 있기를 간절히 바라고 있다.

우주 경제로 대변되는 우주산업의 육성도 간과해서는 안 된다. 21세기 우주는 정부나 국가 기관의 전유물이 아니다. 세계 우주 경제에서 민간 수요가 차지하는 비중은 80.1퍼센트에 달한다. 세계 우주산업의 전체적인 규모는 2016년 299조 원에서 2019년 367조 원으로 연평균 3.5퍼센트씩 성장하는 중이다. 민간 우주산업도 이러한 추이를 따라가고 있으며, 특히 그 축이 기존의 발사체와 인공위성 등 하드웨어 개발과 제작에서 상상력과 아이디어를 기반으로 하는 활용 서비스와 소프트웨어 산업으로 급속하게 옮겨가고 있다. 소형 발사체 기술과 함께 발사체를 재사용할 수 있게 되어 발사 비용이 획기적으로 감소하였고, 다양한 우주 기반 서비스 산업을 창출할 수 있게 되었다.

뉴 스페이스 시대, 우주산업은 아이디어와 기술만 있다면 중소기업도 충분히 진입할 수 있는 영역으로 넓게 열리고 있다. 바야흐로 과학과 탐사의 영역이었던 우주가 미래 새로운 국가 수익을 창출할 수 있는 산업의 영역으로 진화하고 있다. 우주산업을 새로운 경제

성장의 원동력으로 삼기 위한 세계 각국의 경쟁이 날로 치열해진다. 그러니 우리나라 또한 민간의 이익을 보장하고 투자를 견인할 수 있는 관련 법, 규정, 제도의 개선 및 제정과 정부의 전폭적인 지원이 절실하다. 정부출연연구원은 민간과의 경쟁을 지양하고, 국가우주전략에 필요한 도전적인 우주기술 확보 및 국내 산업 육성에 집중해야만 할 것이다.

이제까지 우리나라는 위성과 발사체 등 하드웨어 제작에만 집중한 나머지, 우주과학 연구와 우주 탐사에 투자하고 민간 기업을 육성하는 측면에는 너무 소홀했다. 수년 전, 아랍에미리트(UAE)가 엄청난 계획을 준비하고 있다는 소식을 들었다. 아르테미스 프로젝트에 당당히 이름을 올린 것뿐만 아니라, 2028년에는 화성과 목성 사이에 있는 소행성대를 탐사하기 위해 우주선을 발사할 계획이다. UAE 총리는 말했다.

"발전과 진보를 향한 여정에는 경계, 국경, 한계도 없기 때문에 우주를 탐사한다. 우리가 우주에서 진일보할 때마다 지구의 젊은이들에게 기회가 생긴다. 우리는 미래 세대를 위해 투자한다."

실로 옳은 말이었다. 나는 UAE의 비전을 반가워하면서도, 한편으로는 우리에게 위성 기술을 전수받았던 UAE가 이렇게나 성장한 사실에 놀라지 않을 수 없었다. UAE는 2006년에 우주센터를 설립하며 자국의 젊고 우수한 인재들을 우리나라에 유학 보냈다. 그들은 쎄트렉아이와 카이스트에서 공부를 마치고 자국으로 돌아가서 화성탐사선 프로젝트 총괄 과학자, 첨단과학기술부 장관 겸 우주청장, 자국 최초의 위성 칼리파셋의 프로젝트 매니저가 되었다. UAE는 이들을 주축으로 하여 2014년 우주청을 만들고, '에미리트 화성 탐사 프로젝트'를 성공시켰다.

이쯤이면 부러울 지경이다. UAE가 단기간에 우주에서 성공적인 도약을 이룰 수 있었던 까닭은 이제까지 내가 강조해온 바를 모두 충실히 실행했다는 것이다.

첫 번째 전략은 국제 협력이었다. 우리나라뿐 아니라 미국 콜로라도 대학, 애리조나 주립대학과 협력하여 필요한 핵심 기술들을 확보하고 외연을 넓혔다. 콜로라도 대학의 대기우주 물리학연구소(LASP)는 우주 탐사선과 탑재체 제작 분야에서 칠십여 년 이상의 경험을 축적한 연구소이다. 두 번째 전략은 민간 우주 기업 활성화를 위한 적극적인 투자 지원이다. UAE는 우주 기업과 우주 분야 인재 육성에 사활을 걸고 있다.

위성 개발 업체가 우주산업에 지속적으로 참여해서 인력 누수를 방지하고, 개발 역량을 확보할 수 있도록 안정적인 공공 우주개발 수요가 있어야만 한다. 발사체 업체가 국제 발사 시장에 진출할 수 있도록 민간 전용 고체 로켓 발사장과 성능 시험장을 신속히 구축해야 한다. 동시에 우주 전문 인력을 체계적으로 양성해서 우주산업체에서 적기에 인력을 활용할 수 있게 해야 한다. 갈 길이 까마득하게 멀지만, 우주산업 활성화를 위해 필요한 장단기 지원 방안을 모두 검토하고 지금 할 수 있는 것부터 신속하게 실행해야 한다.

2021년 중국의 화성 탐사 로버 주룽이 화성에 착

륙함으로써 중국은 미국, 러시아에 이어 세 번째로 화성에 착륙한 국가가 되었다. 리커창 전 중국 총리는 전국인민대표대회에서 “십 년 동안 단 하나의 칼을 연마하는 정신으로 핵심 과학기술 프로젝트에 매진할 것”이라고 밝혔다. 당나라 시인 가도의 오언절구 「검객」의 ‘십년마일검(十年磨一劍)’이라는 구절에서 따온 것이다. 길게, 멀리 보는 마음으로 과학기술의 발전을 지원하겠다는 것이다.

우주산업에서 무엇보다 중요한 것은 장기적인 비전을 갖는 일이다. 과학이라는 백년지대계를 근시안적으로 졸속 처리하고 있는 현 사태에 큰 위기감을 느낀다. 우주항공 기술이 회복 불가능한 상태가 되기 전에 제자리로 돌려놓고 대한민국 미래를 열어갈 종합적인 우주항공산업 정책을 마련해야 한다. 이를 위해 우주산업 육성을 염두에 둔 정부의 과감한 민간 이양 지원 정책이 필수다. 현재의 국가 주도 우주 전략을 이분화해 상용 위성·초소형 위성 등 우주연구·개발은 민간 기업과 대학에 기회를 주고, 이들이 할 수 없는 심우주 탐사

등 도전적 우주 탐사는 국가 주도로 진행해야 할 것이다. 공공과 민간의 공동 참여를 확대할 수 있는 정책이 필요하다. 우주과학이 토대가 되지 않는다면 미래산업을 개척할 수 없다. 너무 늦기 전에 우리나라도 '십년마일검' 하는 우주 프로그램을 시작할 수 있기를 바란다. 우주항공청 개청을 목전에 둔 현시점에서 우리나라도 더욱 장기적인 계획과 비전으로 우주개발과 우주 탐사를 수행할 수 있기를 소망한다.

과학자로서 말하기와 정치인으로서 말하기

지난 1월 8일 더불어민주당의 6호 영입 인재가 황정아 박사라는 소식이 발표되자, 많은 사람으로부터 축하 연락이 쏟아졌다. 오래된 지인은 물론이고, 소중한 은사님들, 우연한 계기가 있어 한번 마주쳤던 사람들까지 진심으로 나를 축하해주었다. 기쁘면서도 얼떨떨했다. 책임감과 긴장감에 목덜미가 뻣뻣하게 굳기 시작하던 때라 과연 마냥 축하할 일인가 싶었다. 그때 들은 중 가장 인상 깊었던 말은 이것이다.

"축하합니다. 우주를 넘어 외계로 들어가셨네요."

외계라, 이것만큼 지금 내가 느끼는 상황을 잘 표현해주는 말이 있을까? 나는 지금 그 외계의 문 앞에서 헤매는 중이다. 정치는 여전히 이해하기 쉽지 않다. 당에서는 지금까지 과학자로서 살아온 나의 모습을 보고 영입한 것일 텐데, 내게 조언하는 사람들은 하나같이 여태까지와는 반대로 해야 한다고 말한다.

도요샛은 내가 처음부터 끝까지 참여한 첫 번째 위성 프로젝트다. 내 인생의 첫 인공위성인 과학기술위성 1호 때는 개발 중인 프로젝트 중간에 합류했다. 실험실에 들어가자마자 최고참 선배가 만들던 장비를 이어받아 제작해야 해서 힘에 부쳤지만, 힘든 만큼 많이 배웠다. 당시 나는 굉장히 높은 경쟁률을 뚫고 우주과학 실험실에 선발(?)되었다. 시간이 많이 흐른 다음에 교수님께 여쭤보았다. "그때 왜 저를 뽑으셨어요?"라고. 덩치 크고 힘 좋은 남자 경쟁자들도 많았기 때문이다. 그러자 교수님은 실험실에 선발되면 뭘 하고 싶은지, 그 일을 하기 위해 어떤 준비가 되어 있는지 당차게 프레젠테이션하는 내 모습이 공격적이라서 마음에 들었다고 했다. 모든 일을 적극적으로, 공격적으로. 과학자는 그래야 한다면서. 내가 하늘 같았던 교수님을 의심해야만 했던 것처럼, 과학자는 당연시되는 사실과 관습에도 항상 의문을 제기할 수 있는 사람이어야 한다.

영입 인재 발표 이후 일주일에 서너 번씩 서울과 대전을 왕복하고 있다. 방송과 라디오 및 언론 인터뷰, 유튜브까지, 불러주는 곳이 있으면 마다하지 않고 전부 찾아간다. 황정아가 어떤 사람인지, 나를 알리기 위해서다. 내가 출연한 방송이 송출되거나, 인터뷰와 유튜브 영상 등이 공개되면 또 여러 사람으로부터 연락이 온다. 잘 봤다면서, 반갑다면서. 그러면서 한마디씩 덧붙인다. "말을 좀 천천히 해도 될 것 같아요." "더 다정하게 말하면 좋겠어요." 공격적이라 여겨지지 않게끔 말이다. 그래야 더 많은 사람이 나에게 호감을 느낄 수 있을 거라고 하는데, 사실 얼떨떨했다. 본래 날카로움과 호전성은 선배들과 교수님들로부터 사랑받았던 나의 미덕이다. 그런데 이제부터는 지금까지 칭찬받았던 그 모든 태도를 버려야 한다는 것이었으니까. 나는 완전히 다시 태어나야 한다.

과학자들은 대체로 말을 잘하지 못한다는 인식이 널리 퍼져 있다. 실제로 내가 아는 과학자 중에서 말 잘하는 사람은 손에 꼽을 정도다. 언어적인 영역보다는 수리과학적인 영역이 더 발달한 사람들이기 때문일까? 사람을 많이 만나며 대인관계를 활발히 하기보다는 방에 틀어박혀 자신만의 연구에 몰두하는 시간이 더 길기 때문에 그렇게 된 걸지도 모르겠다. 하지만 과학자로 하여금 말을 삼가게 하는 것은 뭐니 뭐니 해도 두려움이 아닐까 한다. 사람들은 과학자가 정확하고 확실한, '과학적인' 말만 할 거라고 기대하기 때문이다. 실수로 틀린 수치나 잘못된 사실을 전달하면 그 순간 사람들의 신뢰는 바닥까지 곤두박질친다. 개인으로서 신뢰를 잃는 결과에 그친다면 그나마 다행이다. 과학자가 아는 지식을 대중에게 잘못된 방식으로 전하거나, 틀린 사실을 발표하면 엄청난 나비효과가 일어날 수 있다. 당연히 부정적인 효과다. 사회에 혼란이 일어나고 피해를 보는 사람들이 속출하는 것이다.

코로나19라는 새로운 바이러스가 세상에 등장했

을 때, 세계적인 대혼란이 발생하면서 백신과 치료제에 대한 새로운, 그러나 검증되지 않은 많은 뉴스가 급속히 퍼져나가며 큰 사회 혼란을 야기했다. 과학자들은 양쪽으로 나뉘어서 주관적인 견해를 사실처럼 주장하기도 했다. 일부 사람들은 코로나19를 '우한 폐렴'이라 불러야 한다면서 혐오를 조장하기도 했다. 에이즈가 처음 나타났을 때도, '게이 역병'이라고 부르며 성소수자들의 문제라는 식으로 혐오를 조장하기도 했다. 이제 과학자들은 에이즈의 원인이 되는 병원균은 인간면역결핍 바이러스, 즉 HIV(Human Immunodeficiency Virus)라는 것을 밝혀냈다. 이 바이러스는 인간의 면역을 담당하는 T 세포를 교란해서 인간의 면역력을 떨어뜨린다. 에이즈가 발견되고 치료제를 찾기까지 수많은 시행착오와 사회적 갈등이 나타났다.

코로나19 때도 이와 비슷했다. 상황이 급변하고, 과학기술자들은 전문가적인 견해를 계속해서 요구받는다. 과학자들은 항상 자료와 사실에 기반해서 논리적인 사고를 하도록 훈련받은 사람들이지만, 충분하지 않은 자료를 놓고는 의견이 달라질 수 있다. 그리고 그 불

완전한 의견은 사람들의 삶에 치명적인 영향을 미칠 수도 있다. 그러니 과학자들은 대중 앞에서 편히 '말하기'가 두렵다. 실수할까 봐 겁이 나는 것이다.

나 또한 과학자로서 모든 문제에 대하여 사실 위주의 지식을 전달하는 말하기를 주로 해왔다. 과학자의 말하기에는 '할 것 같습니다.'가 없다. 철저하게 검증된 사실만 전달하여 신뢰를 줘야 한다. 그러나 정치에 입문하는 지금 이 순간, 사람들은 나에게 무엇이든 확언하지 말라고 한다. 정치인들은 '할 것 같습니다.'라고 말하는 것도 서슴지 않는다.

정치는 각계각층의 수많은 국민의 삶이 달린 문제다. 이렇게 결정하면 저 사람들이 아쉬워지는데, 그렇다고 저렇게 결정하자니 이 사람들이 아쉬워진다. 그러니 고민 끝에 결단할 때조차 고통스러워하지 않을 수가 없다. 마지막에 마지막까지 신중해야 하므로 섣불리 확언할 수가 없는 것이다. 반면 나는 과학계에서 살아남기 위하여 강단 있는 모습을 보여주어야 했다. 충분히 확신한다고, 자신 있다고. 또 과학자로서는 내 연구 분야만 정확하게 알면 되었지만, 이제는 사회 전 영역의 모든 화제에 대해 폭넓게 알고 그에 대한 내 입장을 가지고 있어야 한다.

정치인의 말하기와 과학자의 말하기는 이처럼 완전히 다르다. 나는 처음에는 혼란스러웠지만, 이내 둘 사이에 일맥상통하는 지점이 있다는 것을 발견했다. 바로 사람에 대한 존중이다. 과학자가 확실한 사실만 말해야 한다는 의무감을 느끼며 긴장하는 것과 정치인이 확답을 피하며 숙고하는 것. 결국 그 기저에는 사람에 대한 존중이 깔려 있다.

나는 카이스트 물리학과에 다니는 동안 등록금을 내지 않았다. 전혀 넉넉하지 않은 환경에서 자란 만큼 그 사실이 못내 감사했다. 내가 꿈꾸고 앞으로 나아가기를 멈추지 않을 수 있었던 것은 모두 국민이 낸 세금 덕택이다. 그래서 혈세로 공부하고, 연구하고 있다는 책임감을 절대 잊을 수가 없었다. 누구에게나 주어지는 행운이 아니며, 내가 얻음으로 인해 누군가는 얻지 못한 기회이기도 했다. 스스로 조금이라도 열심히 하고 있는 것 같지 않으면, 나라에 죄를 짓는 기분이 들었다. 그래서 매 순간 두렵고 떨리는 마음으로 국민의 삶을 이롭게 하는 연구를 하고 성과를 내기 위해 노력해왔다. 또 내가 하는 일을 국민들이 충분히 이해하실 수 있게 설명하고, 보고해야 한다고 생각했다. 물론 과학자가 자기 연구를 충실히 하는 것으로 보답할 수도 있겠지만, 만약 여력이 있다면 거기서 한 발 더 나아가는 것도 좋지 않겠는가. 많은 이가 일상에서 과학을 향유할 수 있도록 대중화하고, 우리 과학이 어디까지 왔는지 설명하고 공개할 의무가 내게는 있다고 생각했다. 그간 힘닿는 대로 과학 저술을 이어오며 강연 등 과학 문화 활동도 열심히 한 것은 그래서다.

여전히 정치인의 말하기는 나에게 낯설다. 선배 정치인들이 존경스러울 정도다. 공적인 자리에서 내 생각과 의견을 피력하는 것은 아직 너무도 두렵고, 많은 사람 앞에서 말해야 할 때는 위축된다. 그러나 이제까지 내가 살아온 삶을 생각하면, 영영 아주 못할 것 같지만은 않다는 희미한 불빛 같은 자신감이 생긴다. 뱁새가 황새를 따라가려다 보면 자기 자신을 잃어버리는 법이다. 내가 벌써부터 노회하고 경험 많은 정치인처럼 말하고 싶어 아등바등할 필요는 없을 것이다. 결국 진심은 통하는 법이니까. 그저 하루하루를 진심으로 나아갈 뿐이다.

가보지 않은 길은 알 수 없다. 지금 내가 들어선 이 외계가 너무나 낯선 것도 어쩌면 지극히 당연한 일이다. 과학자로서 나는 내가 설계한 판 안에서 활동했다. 하지만 지금은 내가 설계할 수 없을뿐더러 누가 어떻게 설계하여 이루어지는 판인지조차 파악할 수가 없다. J형인 나는 이 사실에 극도의 공포심과 불안을 느끼고 있다. 그래서 마음먹었다. 일단은 탐험하는 마음으로 걸어보자고. 실제로 나는 해외 출장을 나가면 아침 일찍 일어나 혼자 그 동네를 탐색해보곤 했다. 그곳의 공기를 깊이 들이마시고, 골목골목을 거닐며 성당에도 들어가본다. 그래도 시간이 남는다 싶으면 학회장에 미리 들르기도 한다. 그러고 나면 집으로 돌아오는 길에는 낯설었던 타국이 어쩐지 좀 친근하게 느껴진다. 결국 두려움을 극복하기 위해서는 겪어봐야만 하는 것이다.

피상적인 정보만 가지고 떨어진 이 세계. 배우고

공부해야 할 것이 너무 많다. 하루 24시간을 온전히 쏟아도 내 한 몸으로 다 감당할 수 있을지 의심스러울 정도라 조급해지기도 한다. 하지만 한 치 앞도 모르는 것이 사람의 일이다. 이 거대한 우주에 비하면 나는 너무나 미물에 지나지 않는다는 '우주적인 겸손함'으로 나아가고자 한다. 그저 오늘, 지금 이 순간 내가 할 수 있는 일을 충실히 하고자 한다. 아직 내 몸이 부서지지 않았다면 그건 조금 더 버틸 수 있다는 뜻이다.

오랫동안 과학자로 살아오며 깨달은 인생의 진리는 '강한 자가 살아남는다고 말들 하지만, 결국 버티는 자가 강하다'는 것이다. 과학 연구라는 것도 그렇다. 수십 년을 쏟아도 조금 되는 듯했다가 실패하기도 한다. 그러나 일희일비할 필요는 전혀 없다. 과학자는 실패를 의연히 해내는 직업이니까. 성공할 때까지 하면 되니까. 나 또한 정치인으로 살아가며 시행착오가 많을 것이다. 그럴 때면 위성을 연구하던 시절을 기억하겠다. 기획하고 제작하여 마침내 로켓에 실어 우주로 쏘아올리고 내가 만든 위성으로부터 데이터를 받기까지 십여 년의 세월을. 물론 그보다는 빨리 적응할 계획이지만,

어쨌든 제대로 자리잡기까지는 시간이 필요할 것이다. 그러니 절대 조급해하지 않겠다. 끝까지 버텨보겠다. 그건 우주 물리학자 황정아의 주특기, 내가 가장 잘하는 일이기도 하다.

'나는 버틸 수 있는 한에는 끝까지 버텨낼 자신이 있다.'

그렇게 생각하면 이상하게 마음에 차오르는 평화가 있다. 모든 상황을 초월하여 안심되고 가슴이 벅차오르는, 아주 기분 좋은 감각이다.

나가는 말

미래의 별을 향해서

2023년은 내 인생에서 기억할 만한 해가 될 것 같다. 내가 만든 인공위성이 우주로 올라갔고, 오로라를 보러 캐나다 옐로나이프에 다녀오기도 하고, 경비행기를 운전해보고, 월드컵 경기장에서 시축을 해보기도 했다. 내 생에서 일어나지 않을 것만 같던 일들이 이렇게 한번에 몽땅 일어난 해는 없었던 것 같다.

　와중에 아이들은 점점 자라서 이제 고등학생, 중학생들이 되었다. 아이들의 키가 자라는 것만큼 흰 머리카락이 늘어가고 얼굴에 주름이 늘어가는 것이 느껴진다. 그러나 그게 그렇게 싫지는 않다. 내가 그동안 열심히 살아온 삶의 흔적이라는 생각이 드니까.

살면서 항상 나한테 맡겨진 일에 최선을 다했다. 공부도 열심히 했고, 위성 개발도 열심히 했고, 학생들을 가르치는 일도 열심히 했다. 나에게 주어진 소중한 기회를 헛되이 하고 싶지 않아서, 매 순간 치열하게 살았다. 그렇게 하루가 쌓이고, 한 달이 쌓이고, 1년이 쌓여서, 이제 어느덧 나도 사십대 중반의 중년이 되었다.

이십여 년간 과학자로서의 삶도 매 순간 하루하루 충만하며 행복했다. 세 아이 엄마로서의 삶도 절대 녹록하지 않았지만, 아등바등하며 열심히 살아왔고, 나에게 다른 무엇과도 비교할 수 없는 기쁨을 주었다. 하루하루가 선물과도 같았던 그런 날들이었다. 그런 나에게 이제 뭔가 변화가 필요한 시점이 아닌가 생각하던 참이었다. 내가 사랑하는 나의 작은 연구실과 내 학생들이 연구를 더 잘할 수 있도록 내가 할 수 있는 일들이 뭘까 고민했었는데, 나한테 그런 역할을 할 기회가 어느 날 갑자기 찾아왔다.

사실 나는 겁이 많고 소심하다. 안전한 길도 몇 번이나 두드려보고 건너는 스타일이다. 여행을 갈 때는 동선과 식당까지 모두 계획해놓지 않으면 길을 나서지 않는다. 그런 내가 한 치 앞을 예측할 수 없는 세상으로 갑자기 초대받은 것이다.

과학자가 정치인으로 변모하는 것에 대해서 세간에서 뭐라고 할까도 걱정이지만, 가장 큰 걱정은 내가 그만큼 권력의지가 있는가 하는 일이었다. 이건 중요한 문제였다. 연구자 정체성을 갖고 정치인을 할 수 있을 것인가. 나의 결론은 "할 수 있다"였다. 여전히 연구 논문을 읽고 학생들과 학문적으로 소통하는 일이 나에게는 매우 즐거운 일이고, 그 일을 놓고 싶지 않다. 아직 나의 앞에 어떤 일들이 펼쳐질지 가늠하기 어려워서 두렵고 불안하다. 그렇다 해도 나는 늘 그랬듯이 미지의 세계를 향해 도전할 것이다. 만일 실패한다 하더라도, 실패해본 그 경험에서 얻는 것이 많다는 것을 나는 이미 인공위성을 개발하면서 잘 알게 되었기 때문이다. 실패해볼 수 있는 소중한 기회를 얻을 수 있다는 것에 감사하며, 나는 성공할 때까지 잘 실패할 수 있다.

2024년은 내 인생에서 확실하게 도약할 수 있는 해가 될 것이다. 이제 나는 내 작은 연구실을 나와서 보다 넓은 세상으로 나온다. 넓은 세상에는 그에 걸맞은 태도가 필요하다. 담대하고 용감하게 나는 이 여정을 준비할 것이다.

"네가 사랑하는 사람들이 너를 변화시킬 거야."

"The people you love will change you."

〈모아나〉, 2016

내 뒤에는 나를 믿고 있는 사람들과, 내가 사랑하는 사람들이 든든히 버티고 있으니 나는 잘 해낼 수 있다.

2024년 2월

황정아